一生所求，不过爱与自由

老舍 等／著

台海出版社

天上枝枝，

人间树树。

曾何春而何秋，

亦忘朝而忘暮。

辑二 自己的园地

目录

辑一 似是故人心上过

辑四 究竟世间多少情

辑三 生命的寻路人

辑一

似是故人心上过

生活是种律动，
须有光有影，
有左有右，
有晴有雨，
滋味就含在这变而不猛的曲折里。

——老舍

在乡下

老舍

虽然刚住了几天，我已经感到乡间的确可喜。在这生活困难的时候，谁也恐怕不能不一开口就谈到钱；在乡间住，第一个好处是可以省下几文。头发长了，须跑出十里八里去理；脚稍微一懒，就许延迟一个星期；头发长了些，可是袋儿里也沉重了些。洗澡，更谈不到。到极热的时候，可以下河；天不够热的时候，皮肤外有一层可以搓卷着玩的泥，也显着暖和而有趣。这就又省了一笔支出。没有卖鲜果，糖食，和点心的；这不但可以省了钱，而且自然的矫正了吃零食的坏习惯。衣服须自己洗，皮鞋须自己擦。路须自己走——没有洋车。就是有，也不能在田埂儿上走。

除了省钱，还另有好多的精神胜利：平剧、川剧全听不到了，但是可以自己唱。在大黄角树下，随意喊吧，除了多管闲事的狗向你叫几声而外，不会有人来叫“倒好”的。话剧更看不到，可是自己可以写两本呀，有的是工夫！

书是不易得到的，但是偶然找来一本，绝不会像在城里时那样掀一掀就了事。在乡下，心里用不着惦记与朋友们定的约会，眼睛用不着时时的看表，于是，拿到一本书的时节，就可以愿意怎么读便怎么读；愿意把这几行读两遍，便读两遍；三遍就三遍；看那一行不大顺眼，便可以跟它辩论一番！这样，书仿佛就与人成了可以谈心的朋友，而不是书架上的摆设了。

院中有犬吠声，鸡鸭叫声，孩子哭声；院外有蛙声，鸟声，叱牛声，农人相呼声。但这些声音并不教你心中慌乱。到了夜间，便什么声音也没有；即使蛙还在唱，可是它们会把你唱入梦境里去。这几天，杜鹃特别的多，直到深夜还不住的啼唤；老想问问它们，三更半夜的唤些什么？这不是厌烦，而是有点相怜之意。

正插秧的时候下了大雨，每个农人都面带喜色，水牛忙极了，却一点不慌，还是那么慢条斯理的，像有成竹在胸的样子。

晚上，油灯欠亮，蚊虫很多；所以早早的就躲到帐子里去。早睡，所以就也早起。睡得定，睡得好，脸上就增加了一点肉——很不放心，说不定还会变成胖子呢！

过年

老舍

最怀念的，还是小时候过的年。早起拉开窗帘举目望去，一夜之间，外面已成了银装素裹的世界。今年冬天雪下得少，似乎缺了一点气氛。这场雪的到来，提示着人们，年已经不远了。是啊，又要过年了，甚至能看到被大雪压弯的树枝也在抖动着春的喜悦。

过年，在感觉中已经有些遥远，甚至没有太多的期盼。在繁忙的都市里，在行色匆匆的人群中，年味越来越淡，有的时候马上过年了，才想起来。最令自己怀念的，还是小时候过的年，虽然那是些久远的回忆，但一切又都是那样鲜活。

我的老家在农村。一到腊月，年的气氛就浓起来了。在村里的供销社，购年货的人络绎不绝。那些传统的年画给我留下了深刻的印象，现在想起来是依然漂亮，那厚厚的纸，散发着油墨的芳香，在幼小的心灵里，已经把它当作是年的象征。

北方的腊八，是一年中最冷的时候。它的特殊意义在于向年又近了一步。每天天没亮就会醒来，一想到要过年了，兴奋的睡不着。村里的老人们开始对小孩子们说："小孩小孩你别馋，过了腊八就过年。小孩小孩你别哭，过了腊八就杀猪。"孩子们嘻笑着、欢呼着，跑走了。那个时候，并不是所有的人家都能杀得起年猪。而杀了猪的人家都要安排一顿饭，招待一下村邻亲戚。我们这些小孩子吃不了多少肉，就是图个热闹，屋里屋外的乱窜。

那个年月伙食很差，平时就是苞米面饼子、小米饭，连面食也吃不到。所以过年对于我们小孩子来说那是个解馋的好机会。除夕的前几天，母亲便开始忙着蒸年糕、蒸馒头，前一天才会用大锅烀肉。我则在站在锅台边，紧紧地盯着锅，闻着那飘出的香气，不知不觉着唾液已经流了下来。母亲在旁边看了，便会掀开锅盖，用筷子扎出一小块肉放在碗里，我伸手就拿，顾不上烫嘴，狠狠地咬下去。

我喜欢啃冻梨，吃时发出的“沙沙”声，那白白的梨肉带来的酸甜，总让我回味不尽。当然，也只有过年时才能买梨吃。有一件小事很是难忘：那次母亲买来了冻梨，放在了储存杂物的仓子里。我便偷偷地盯着她，直到她进了屋子。我一溜小跑来到门前，小心翼翼地打开仓门，钻了进去，把门关好，掏了一个梨子就啃。不一会儿母亲进来取东西，一下子看到了我，我竟然有些不好意思，她却笑了笑，拍了拍我的头，没有说什么。吃晚饭的时候，弟弟还在问母亲：“梨什么时候买啊？”我在心里说：哈，我已经先尝到了。

对联也是过年不可缺少的重要物品。那时候的对联和现在不同，都是买来大红纸请人手写的。父亲的书法很好，是我们村里知名的先生，所以到我家来求父亲写对联的人都排成了队，过年的这两天是父亲最忙碌的时候。我在旁边看着那黑亮亮的毛笔字写在红纸上，有说不出的羡慕。当红红的对联贴到墙上门上，那个喜庆啊，年的气氛立刻就出来了。

小时候的我喜欢穿新衣服。除夕的头天晚上我会把新衣服拿出来，翻过来掉过去地看，想象着明天就要穿上了，那个高兴啊。一年到头能穿新衣服的时候是很少的，一般都要到过年。睡前早早地把小脚洗干净，把新鞋、新袜摆在枕边看着，后来就睡着了。有时会做梦，虽然不知道自己当时的表情，但小脸上肯定带着甜甜笑意。

除夕也叫年三十,家家张灯结彩,人人喜气洋洋。在那个年月,恐怕只有在过年的时候才能看到大伙的脸上洋溢的笑容。除夕一大早，我就被鞭炮声从睡梦中惊醒。父亲也会在我们的耳边说，快起床吧，过年了，早点放鞭炮。我们便一咕噜地爬起来，穿好新衣服、新鞋，跑到外面放鞭炮。然后等待我们的便是饭桌上香喷喷的饺子了。

我们北方过年的高潮是除夕之夜，最重要的活动叫发纸，一般都是在子时，也就是二十三点到凌晨一点。传说那时候南天门会打开，天上的神仙会鱼贯地下到人间，所以各家有供奉神灵的，都要出去“请”。当然，也有的人说，相当有“福气”的人会看到南天门开，那样的人以后一定会享受荣华富贵，只是没有人能证实罢了。

在欢笑声中白天很快就过去了。夜色渐浓，万家灯火在冬夜里跳动着，映衬着白白的雪，描绘成乡村最美丽的夜晚。除夕的夜充满了祥和与神秘。在人们的眼里，从这里仿佛能看到美好的明天。

在发纸前父亲总是提前把鞭炮拴在一根大杆子上，靠在墙角就等着放了。十点左右，周围的村子就开始发纸了。鞭炮声此起彼伏，响个不停，火光将天边都映得发亮。十一点半了，父亲便把我们几个都叫出去，开始忙活，有的点鞭炮，有的点一堆火，母亲则在屋里做饭。篝光燃起，鞭炮声也响彻夜空。火光映着红红的笑脸，我们围着火堆跳着，叫着，跑着，那一刻，感觉自己是世界上最幸福的人。

三十的晚上是要吃年夜饭的。全家人坐在一起，团团圆圆地吃着饭，说说话，其乐融融。这时吃的饺子都是肉馅的，还会在里面放一枚硬币，谁要是吃到的话那就预示着一年将有好运相伴。小时候，一次哥哥给我夹了一个饺子，我便边吃边玩，大伙也吃的热火朝天，可是盘子都见底了也没吃到硬币，最后在我的小屁股下面发现了它。

年夜饭后有“守岁”之说，所谓“一夜连双岁，五更分二年”，据说要是能一夜不睡的话，一年之中头脑都清醒。我们几个小伙伴打着灯笼，出去玩，到别人家的院子里拣落在地上的鞭炮，有的回来之后还可以放。当然，如果玩累了，随便到哪家，都会好吃好喝地招待我们。

难忘的年夜总是过得很快。天亮了，村边响起了欢快的锣鼓声，原来是大秧歌开始拜年了。人们相互拜年，串门，整个小村又在年的气氛中沸腾起来。

时隔多年，一些往事都已淡忘，但儿时过年的情景却永远地留在了心中。

春风

——老舍

济南与青岛是多么不相同的地方呢！一个设若比作穿肥袖马褂的老先生，那一个便应当是摩登的少女。可是这两处不无相似之点。拿气候说吧，济南的夏天可以热死人，而青岛是有名的避暑所在；冬天，济南也比青岛冷。但是，两地的春秋颇有点相同。济南到春天多风，青岛也是这样；济南的秋天是长而晴美，青岛亦然。

对于秋天，我不知应爱哪里的：济南的秋是在山上，青岛的是海边。济南是抱在小山里的；到了秋天，小山上的草色在黄绿之间，松是绿的，别的树叶差不多都是红与黄的。就是那没树木的山上，也增多了颜色——日影、草色、石层，三者能配合出种种的条纹，种种的影色。配上那光暖的蓝空，我觉到一种舒适安全，只想在山坡上似睡非睡的躺着，躺到永远。青岛的山——虽然怪秀美——不能与海相抗，秋海的波还是春样的绿，可是被清凉的蓝空给开拓出老远，平日看不见的小岛清楚的点在帆外。这远到天边的绿水使我不愿思想而不得不思想；一种无目的的思虑，要思虑而心中反倒空虚了些。济南的秋给我安全之感，青岛的秋引起我甜美的悲哀。我不知应当爱哪个。

两地的春可都被风给吹毁了。所谓春风，似乎应当温柔，轻吻着柳枝，微微吹皱了水面，偷偷的传送花香，同情的轻轻掀起禽鸟的羽毛。济南与青岛的春风都太粗猛。济南的风每每在丁香海棠开花的时候把天刮黄，什么也看不见，连花都埋在黄暗中，青岛的风少一些沙土，可是狡猾，在已很暖的时节忽然来一阵或一天的冷风，把一切都送回冬天去，棉衣不敢脱，花儿不敢开，海边翻着愁浪。

两地的风都有时候整天整夜的刮。春夜的微风送来雁叫，使人似乎多些希望。整夜的大风，门响窗户动，使人不英雄的把头埋在被子里；即使无害，也似乎不应该如此。对于我，特别觉得难堪。我生在北方，听惯了风，可也最怕风。听是听惯了，因为听惯才知道那个难受劲儿。它老使我坐卧不安，心中游游摸摸的，干什么不好，不干什么也不好。它常常打断我的希望：听见风响，我懒得出门，觉得寒冷，心中渺茫。春天仿佛应当有生气，应当有花草，这样的野风几乎是不可原谅的！我倒不是个弱不禁风的人，虽然身体不很足壮。我能受苦，只是受不住风。别种的苦处，多少是在一个地方，多少有个原因，多少可以设法减除；对风是干没办法。总不在一个地方，到处随时使我的脑子晃动，像怒海上的船。它使我说不出为什么苦痛，而且没法子避免。它自由的刮，我死受着苦。我不能和风去讲理或吵架。单单在春天刮这样的风！可是跟谁讲理去呢？苏杭的春天应当没有这不得人心的风吧？我不准知道，而希望如此。好有个地方去“避风”呀！

济南的冬天（节选）

——老舍

上次说了济南的秋天，这回该说冬天。

对于一个在北平住惯的人，像我，冬天要是不刮大风，便是奇迹；济南的冬天是没有风声的。对于一个刚由伦敦回来的，像我，冬天要能看得见日光，便是怪事；济南的冬天是响晴的。自然，在热带的地方，日光是永远那么毒，响亮的天气反有点叫人害怕。可是，在北中国的冬天，而能有温晴的天气，济南真得算个宝地。

设若单单是有阳光，那也算不了出奇。请闭上眼想：一个老城，有山有水，全在蓝天下很暖和安适地睡着；只等春风来把他们唤醒，这是不是个理想的境界？

小山整把济南围了个圈儿，只有北边缺着点口儿，这一圈小山在冬天特别可爱，好像是把济南放在一个小摇篮里，它们全安静不动的低声的说：你们放心吧，这儿准保暖和。真的，济南的人们在冬天是面上含笑的。他们一看那些小山，心中便觉得有了着落，有了依靠。他们由天上看到山上，便不觉的想起：明天也许就是春天了吧？这样的温暖，今天夜里山草也许就绿起来了吧？就是这点幻想不能一时实现，他们也并不着急，因为有这样慈善的冬天，干啥还希望别的呢。

最妙的是下点小雪呀。看吧，山上的矮松越发的青黑，树尖上顶着一髻儿白花，好像小日本看护妇。山尖全白了，给蓝天镶上一道银边。山坡上有的地方雪厚点，有的地方草色还露着，这样，一道儿白，一道儿暗黄，给山们穿上一件带水纹的花衣；看着看着，这件花衣好像被风儿吹动，叫你希望看见一点更美的山的肌肤。等到快日落的时候，微黄的阳光斜射在山腰上，那点薄雪好像忽然害了羞，微微露出点粉色。就是下小雪吧，济南是受不住大雪的，那些小山太秀气。

古老的济南，城里那么狭窄，城外又那么宽敞，山坡上卧着些小村庄，小村庄的房顶上卧着点雪，对，这是张小水墨画，或许是唐代的名手画的吧。

那水呢，不但不结冰，反倒在绿藻上冒着点热气，水藻真绿，把终年贮蓄的绿色全拿出来了。天儿越晴，水藻越绿，就凭这些绿的精神，水也不忍得冻上；况且那些长枝的垂柳还要在水里照个影儿呢。看吧，由澄清的河水慢慢往上看吧，空中，半空中，天上，自上而下全是那么清亮，那么蓝汪汪的，整个的是块空灵的蓝水晶。这块水晶里，包着红屋顶，黄草山，像地毯上的小团花的灰色树影；这就是冬天的济南。

养花

老舍

我爱花，所以也爱养花。我可还没成为养花专家，因为没有工夫去研究和试验。我只把养花当做生活中的一种乐趣，花开得大小好坏都不计较，只要开花，我就高兴。在我的小院子里，一到夏天满是花草，小猫只好上房去玩，地上没有它们的运动场。

花虽然多，但没有奇花异草。珍贵的花草不易养活，看着一棵好花生病要死是件难过的事。北京的气候，对养花来说，不算很好。冬天冷，春天多风，夏天不是干旱就是大雨倾盆；秋天最好，可是忽然会闹霜冻。在这种气候里，想把南方的好花养活，我还没有那么大的本事。因此，我只养些好种易活、自己会奋斗的花草。

不过，尽管花草自己会奋斗，我若置之不理，任其自生自灭，它们多数还是会死了的。我得天天照管它们，像好朋友似的关切它们。一来二去，我摸着一些门道：有的喜阴，就别放在太阳地里；有的喜干，就别多浇水。这是个乐趣，摸住门道，花草养活了，而且三年五载老活着、开花，多么有意思呀！不是乱吹，这就是知识啊！多得些知识，一定不是坏事。

我不是有腿病吗，不但不利于行，也不利于久坐。我不知道花草们受我的照顾，感谢我不感谢；我可得感谢它们。在我工作的时候，我总是写几十个字，就到院中去看看，浇浇这棵，搬搬那盆，然后回到屋中再写一点，然后再出去，如此循环，让脑力劳动和体力劳动结合到一起，有益身心，胜于吃药。要是赶上狂风暴雨或天气突变，就得全家动员，抢救花草，十分紧张。几百盆花，都要很快地抢到屋里去，使人腰酸腿疼，热汗直流。第二天，天气好了，又得把花都搬出去，就又一次腰酸腿疼，热汗直流。可是，这多么有意思呀！不劳动，连棵花也养不活，这难道不是真理么？

送牛奶的同志进门就夸“好香”！这使我们全家都感到骄傲。赶到昙花开放的时候，约几位朋友来看看，更有秉烛夜游的神气——昙花总在夜里放蕊。花儿分根了，一棵分为数棵，就赠给朋友们一些；看着友人拿走自己的劳动果实，心里自然特别欢喜。

当然，也有伤心的时候，今年夏天就有这么一回。三百棵菊秧还在地上（没到移入盆中的时候），下了暴雨。邻家的墙倒了，菊秧被砸死三十多种，一百多棵！全家都几天没有笑容！

有喜有忧，有笑有泪，有花有果，有香有色，既须劳动，又长见识，这就是养花的乐趣。

春晖的一月

——朱自清

去年在温州，常常看到本刊，觉得很是欢喜。本刊印刷的形式，也颇别致，更使我有一种美感。今年到宁波时，听许多朋友说，白马湖的风景怎样怎样好，更加向往。虽然于什么艺术都是门外汉，我却怀抱着爱“美”的热诚，三月二日，我到这儿上课来了。在车上看见“春晖中学校”的路牌，白地黑字的，小秋千架似的路牌，我便高兴。出了车站，山光水色，扑面而来，若许我抄前人的话，我真是“应接不暇”了。于是我便开始了春晖的第一日。

走向春晖，有一条狭狭的煤屑路。那黑黑的细小的颗粒，脚踏上去，便发出一种摩擦的噪音，给我多少轻新的趣味。而最系我心的，是那小小的木桥。桥黑色，由这边慢慢地隆起，到那边又慢慢的低下去，故看去似乎很长。我最爱桥上的栏干，那变形的卐纹的栏干；我在车站门口早就看见了，我爱它的玲珑！桥之所以可爱，或者便因为这栏干哩。我在桥上逗留了好些时。这是一个阴天。山的容光，被云雾遮了一半，仿佛淡妆的姑娘。但三面映照起来，也就青得可以了，映在湖里，白马湖里，接着水光，却另有一番妙景。我右手是个小湖，左手是个大湖。湖有这样大，使我自己觉得小了。湖水有这样满，仿佛要漫到我的脚下。湖在山的趾边，山在湖的唇边；他俩这样亲密，湖将山全吞下去了。吞的是青的，吐的是绿的，那软软的绿呀，绿的是一片，绿的却不安于一片；它无端的皱起来了。如絮的微痕，界出无数片的绿；闪闪闪闪的，像好看的眼睛。湖边系着一只小船，四面却没有一个人，我听见自己的呼吸。想起“野渡无人舟自横”的诗，真觉物我双忘了。

好了，我也该下桥去了；春晖中学校还没有看见呢。弯了两个弯儿，又过了一重桥。当面有山挡住去路；山旁只留着极狭极狭的小径。挨着小径，抹过山角，豁然开朗；春晖的校舍和历落的几处人家，都已在望了。远远看去，房屋的布置颇疏散有致，决无拥挤、局促之感。我缓缓走到校前，白马湖的水也跟我缓缓的流着。我碰着丏尊先生。他引我过了一座水门汀的桥，便到了校里。校里最多的是湖，三面潺潺的流着；其次是草地，看过去芊芊的一片。我是常住城市的人，到了这种空旷的地方，有莫名的喜悦！乡下人初进城，往往有许多的惊异，供给笑话的材料；我这城里人下乡，却也有许多的惊异——我的可笑，或者竟不下于初进城的乡下人。闲言少叙，且说校里的房屋、格式、布置固然疏落有味，便是里面的用具，也无一不显出巧妙的匠意；决无笨伯的手泽。晚上我到几位同事家去看，壁上有书有画，布置井井，令人耐坐。这种情形正与学校的布置，自然界的布置是一致的。美的一致，一致的美，是春晖给我的第一件礼物。

有话即长，无话即短，我到春晖教书，不觉已一个月了。在这一个月里，我虽然只在春晖待了十五日（我在宁波四中兼课），但觉甚是亲密。因为在这里，真能够无町畦。我看不出什么界线，因而也用不着什么防备，什么顾忌；我只照我所喜欢的做就是了。

这就是自由了。从前我到别处教书时，总要做几个月的“生客”，然后才能坦然。对于“生客”的猜疑，本是原始社会的遗形物，其故在于不相知。这在现社会，也不能免的。但在这里，因为没有层迭的历史，又结合比较的单纯，故没有这种习染。这是我所深愿的！这里的教师与学生，也没有什么界限。在一般学校里，师生之间往往隔开一无形界限，这是最足减少教育效力的事！学生对于教师，“敬鬼神而远之”；教师对于学生，尔为尔，我为我，休戚不关，理乱不闻！这样两橛的形势，如何说得到人格感化？如何说得到“造成健全人格”？这里的师生却没有这样情形。无论何时，都可自由说话；一切事务，常常通力合作。校里只有协治会而没有自治会。感情既无隔阂，事务自然都开诚布公，无所用其躲闪。学生因无须矫情饰伪，故甚活泼有意思。又因能顺全天性，不遭压抑；加以自然界的陶冶：故趣味比较纯正。——也有太随便的地方，如有几个人上课时喜欢谈闲天，有几个人喜欢吐痰在地板上，但这些总容易矫正的。——春晖给我的第二件礼物是真诚，一致的真诚。

春晖是在极幽静的乡村地方，往往终日看不见一个外人！寂寞是小事；在学生的修养上却有了问题。现在的生活中心，是城市而非乡村。乡村生活的修养能否适应城市的生活，这是一个问题。此地所说适应，只指两种意思：一是抵抗诱惑，二是应付环境——明白些说，就是应付人，应付物。乡村诱惑少，不能养成定力；在乡村是好人的，将来一入城市做事，或者竟抵挡不住。从前某禅师在山中修道，道行甚高；一旦入闹市，“看见粉白黛绿，心便动了”。这话看来有理，但我以为其实无妨。就一般人而论，抵抗诱惑的力量大抵和性格、年龄、学识、经济力等有“相当”的关系。除经济力与年龄外，性格、学识，都可用教育的力量提高它，这样增加抵抗诱惑的力量。提高的意思，说得明白些，便是以高等的趣味替代低等的趣味；养成优良的习惯，使不良的动机不容易有效。用了这种方法，学生达到高中毕业的年龄，也总该有相当的抵抗力了；入城市生活又何妨？（不及初中毕业时者，因初中毕业，仍须续入高中，不必自己挣扎，故不成问题。）有了这种抵抗力，虽还有经济力可以作祟，但也不能有大效。前面那禅师所以不行，一因他过的是孤独的生活，故反动力甚大，一因他只知克制，不知替代；故外力一强，便“虎兕出于神”了！这岂可与现在这里学生的乡村生活相提并论呢？至于应付环境，我以为应付物是小问题，可以随时指导；而且这与乡村，城市无大关系。我是城市的人，但初到上海，也曾因不会乘电车而跌了一跤，跌得皮破血流；这与乡下诸公又差得几何呢？若说应付人，无非是机心！什么“逢人只说三分话，未可全抛一片心”，便是代表的教训。教育有改善人心的使命；这种机心，有无养成的必要，是一个问题。姑不论这个，要养成这种机心，也非到上海这种地方去不成；普通城市正和乡村一样，是没有什么帮助的。凡以上所说，无非要使大家相信，这里的乡村生活的修养，并不一定不能适应将来城市的生活。况且我们还可以举行旅行，以资调剂呢。况且城市生活的修养，虽自有它的好处，但也有流弊。如诱惑太多，年龄太小或性格未佳的学生，或者转易陷溺——那就不但不能磨炼定力，反早早的将定力丧失了！所以城市生活的修养不一定比乡村生活的修养有效，——只有一层，乡村生活足以减少少年人的进取心，这却是真的！

说到我自己，却甚喜欢乡村的生活，更喜欢这里的乡村的生活。我是在狭的笼的城市里生长的人，我要补救这个单调的生活，我现在住在繁嚣的都市里，我要以闲适的境界调和它。我爱春晖的闲适！闲适的生活可说是春晖给我的第三件礼物！

我已说了我的“春晖的一月”；我说的都是我要说的话。或者有人说，赞美多而劝勉少，近乎“戏台里喝彩”！假使这句话是真的，我要切实声明：我的多赞美，必是情不自禁之故，我的少劝勉，或是观察时期太短之故。

（1924年春，春晖中学迎来一位极重要的国文教员——朱自清。那是3月一个“微风飘萧的春日”，朱先生从宁波乘火车来到驿亭，又踩着一条狭狭的煤屑路，走进了白马湖春晖园，当时《春晖》半月刊记载了这条消息：“本校本学期添聘的国文教员朱佩弦先生，自本月二日起到校就职。”不久，朱自清先生创作了《春晖的一月》散文，刊于《春晖》半月刊第二十七期，春晖永记。）

荷塘月色

——朱自清

这几天心里颇不宁静。今晚在院子里坐着乘凉，忽然想起日日走过的荷塘，在这满月的光里，总该另有一番样子吧。月亮渐渐地升高了，墙外马路上孩子们的欢笑，已经听不见了；妻在屋里拍着闰儿，迷迷糊糊地哼着眠歌。我悄悄地披了大衫，带上门出去。

沿着荷塘，是一条曲折的小煤屑路。这是一条幽僻的路；白天也少人走，夜晚更加寂寞。荷塘四面，长着许多树，蓊蓊郁郁的。

路的一旁，是些杨柳，和一些不知道名字的树。没有月光的晚上，这路上阴森森的，有些怕人。今晚却很好，虽然月光也还是淡淡的。

路上只我一个人，背着手踱着。这一片天地好像是我的；我也像超出了平常的自己，到了另一个世界里。我爱热闹，也爱冷静；爱群居，也爱独处。像今晚上，一个人在这苍茫的月下，什么都可以想，什么都可以不想，便觉是个自由的人。白天里一定要做的事，一定要说的话，现在都可不理。这是独处的妙处，我且受用这无边的荷香月色好了。

曲曲折折的荷塘上面，弥望的是田田的叶子。叶子出水很高，像亭亭的舞女的裙。层层的叶子中间，零星地点缀着些白花，有袅娜地开着的，有羞涩地打着朵儿的；正如一粒粒的明珠，又如碧天里的星星，又如刚出浴的美人。微风过处，送来缕缕清香，仿佛远处高楼上渺茫的歌声似的。这时候叶子与花也有一丝的颤动，像闪电般，霎时传过荷塘的那边去了。叶子本是肩并肩密密地挨着，这便宛然有了一道凝碧的波痕。叶子底下是脉脉的流水，遮住了，不能见一些颜色；而叶子却更见风致了。

月光如流水一般，静静地泻在这一片叶子和花上。薄薄的青雾浮起在荷塘里。叶子和花仿佛在牛乳中洗过一样；又像笼着轻纱的梦。虽然是满月，天上却有一层淡淡的云，所以不能朗照；但我以为这恰是到了好处——酣眠固不可少，小睡也别有风味的。月光是隔了树照过来的，高处丛生的灌木，落下参差的斑驳的黑影，峭楞楞如鬼一般；弯弯的杨柳的稀疏的倩影，却又像是画在荷叶上。塘中的月色并不均匀；但光与影有着和谐的旋律，如梵婀玲上奏着的名曲。

荷塘的四面，远远近近，高高低低都是树，而杨柳最多。这些树将一片荷塘重重围住；只在小路一旁，漏着几段空隙，像是特为月光留下的。树色一例是阴阴的，乍看像一团烟雾；但杨柳的丰姿，便在烟雾里也辨得出。树梢上隐隐约约的是一带远山，只有些大意罢了。树缝里也漏着一两点路灯光，没精打采的，是渴睡人的眼。这时候最热闹的，要数树上的蝉声与水里的蛙声；但热闹是它们的，我什么也没有。

忽然想起采莲的事情来了。采莲是江南的旧俗，似乎很早就有，而六朝时为盛；从诗歌里可以约略知道。采莲的是少年的女子，她们是荡着小船，唱着艳歌去的。采莲人不用说很多，还有看采莲的人。那是一个热闹的季节，也是一个风流的季节。梁元帝《采莲赋》里说得好：

于是妖童媛女，荡舟心许；鹢首徐回，兼传羽杯；櫂将移而藻挂，船欲动而萍开。尔其纤腰束素，迁延顾步；夏始春余，叶嫩花初，恐沾裳而浅笑，畏倾船而敛裾。

可见当时嬉游的光景了。这真是有趣的事，可惜我们现在早已无福消受了。

于是又记起，《西洲曲》里的句子：

采莲南塘秋，莲花过人头；低头弄莲子，莲子清如水。

今晚若有采莲人，这儿的莲花也算得“过人头”了；只不见一些流水的影子，是不行的。这令我到底惦着江南了。——这样想着，猛一抬头，不觉已是自己的门前；轻轻地推门进去，什么声息也没有，妻已睡熟好久了。

（一九二七年七月，北京清华园）

中秋的月亮

——周作人

敦礼臣著《燕京岁时记》云："京师之曰八月节者，即中秋也。每届中秋，府第朱门皆以月饼果品相馈赠，至十五月圆时，陈瓜果于庭以供月，并祀以毛豆鸡冠花。是时也，皓魄当空，彩云初散，传杯洗盏，儿女喧哗，真所谓佳节也。惟供月时，男子多不叩拜，故京师谚曰，男不拜月，女不祭灶。"此记作于四十年前，至今风俗似无甚变更，虽民生调敝，百物较二年前超过五倍，但中秋吃月饼恐怕还不肯放弃，至于赏月则未必有此兴趣了罢。本来举杯邀月这只是文人的雅兴，秋高气爽，月色分外光明，更觉得有意思，特别定这日为佳节，若在民间不见得有多大兴味，大抵就是算账要紧，月饼尚在其次。其回想乡间一般对于月亮的意见，觉得这与文人学者的颇不相同。普通称月曰月亮婆婆，中秋供素月饼水果及老南瓜，又凉水一碗，妇孺拜毕，以指蘸水涂目，祝曰眼目清凉。相信月中有娑婆树，中秋夜有一枝落下人间，此亦似即所谓月华，但不幸如落在人身上，必成奇疾，或头大如斗，必须斫开，乃能取出宝物也。月亮在天文中本是一种怪物，忽圆忽缺，诸多变异，潮水受他的呼唤，古人又相信其与女人生活有关。更奇的是与精神病者也有微妙的关系，拉丁文便称此病曰月光病，仿佛与日射病可以对比似的。这说法现代医家当然是不承认了，但是我还有点相信，不是说其间隔发作的类似，实在觉得月亮有其可怕的一面，患怔忡的人见了会生影响，正是可能的事罢。好多年前夜间从东城回家来，路上望见在昏黑的天上挂着一钩深黄的残月，看去很是凄惨，我想我们现代都市人尚且如此感觉，古时原始生活的人当更如何？住在岩窟之下，遇见这种情景，听着豺狼嗥叫，夜鸟飞鸣，大约没有什么好的心情——不，即使并无这些禽兽骚扰，单是那月亮的威吓也就够了，它简直是一个妖怪，别的种种异物喜欢在月夜出现，这也只是风云之会，不过跑龙套罢了。等到月亮渐渐的圆了起来，它的形相也渐和善了，望前后的三天光景几乎是一位富翁的脸，难怪能够得到许多人的喜悦，可是总有一股冷气，无论如何还是去不掉的。只恐“琼楼玉宇，高处不胜寒”，东坡这句词很能写出明月的精神来，向来传说的忠爱之意究竟是否寄托在内，现在不关重要，可以姑且不谈。总之我于赏月无甚趣味，赏雪赏雨也是一样，因为对于自然还是畏过于爱，自己不敢相信已能克服了自然，所以有些文明人的享乐是于我颇少缘分的。中秋的意义，在我个人看来，吃月饼之重要殆过于看月亮，而还账又过于吃月饼，然则我诚犹未免为乡人也。

故乡的野菜

——周作人

我的故乡不止一个，凡我住过的地方都是故乡。故乡对于我并没有什么特别的情分，只因钓于斯游于斯的关系，朝夕会面，遂成相识，正如乡村里的邻舍一样，虽然不是亲属，别后有时也要想念到他。我在浙东住过十几年，南京东京都住过六年，这都是我的故乡；现在住在北京，于是北京就成了我的家乡了。

日前我的妻往西单市场买菜回来，说起有荠菜在那里卖着，我便想起浙东的事来。

荠菜是浙东人春天常吃的野菜，乡间不必说，就是城里只要有后园的人家都可以随时采食，妇女小儿各拿一把剪刀一只“苗篮”，蹲在地上搜寻，是一种有趣味的游戏的工作。那时小孩们唱道：“荠菜马兰头，姊姊嫁在后门头。”后来马兰头有乡人拿来进城售卖了，但荠菜还是一种野菜，须得自家去采。关于荠菜向来颇有风雅的传说，不过这似乎以吴地为主。《西湖游览志》云：“三月三日男女皆戴荠菜花。谚云：三春戴荠花，桃李羞繁华。”顾禄的《清嘉录》上亦说，“荠菜花俗呼野菜花，因谚有三月三蚂蚁上灶山之语，三日人家皆以野菜花置灶陉上，以厌虫蚁。侵晨村童叫卖不绝。或妇女簪髻上以祈清目，俗号眼亮花。”但浙东人却不很理会这些事情，只是挑来做菜或炒年糕吃罢了。

黄花麦果通称鼠麴草，系菊科植物，叶小微圆互生，表面有白毛，花黄色，簇生梢头。春天的采嫩叶，捣烂去汁，和粉作糕，称黄花麦果糕。小孩们有歌赞美之云，

“黄花麦果韧结结，

关得大门自要吃：

半块拿弗出，一块自要吃。”

清明前后扫墓时，有些人家——大约是保存古风的人家——用黄花麦果作供，但不作饼状，做成小颗如指顶大，或细条如小指，以五六个作一攒，名曰茧果，不知是什么意思，或因蚕上山时设祭，也用这种食品，故有是称，亦未可知。自从十二三岁时外出不参与外祖家扫墓以后，不复见过茧果，近来住在北京，也不再见黄花麦果的影子了。日本称作“御形”，与荠菜同为春天的七草之一，也采来做点心用，状如艾饺，名曰“草饼”，春分前后多食之，在北京也有，但是吃去总是日本风味，不复是儿时的黄花麦果糕了。

扫墓时候所常吃的还有一种野菜，俗称草紫，通称紫云英。农人在收获后，播种田内，用作肥料，是一种很被贱视的植物，但采取嫩茎瀹食，味颇鲜美，似豌豆苗。花紫红色，数十亩接连不断，一片锦绣，如铺着华美的地毯，非常好看，而且花朵状若胡蝶，又如鸡雏，尤为小孩所喜。间有白色的花，相传可以治痢，很是珍重，但不易得。日本《俳句大辞典》云，“此草与蒲公英同是习见的东西，从幼年时代便已熟识。在女人里边，不曾采过紫云英的人，恐未必有罢。”中国古来没有花环，但紫云英的花球却是小孩常玩的东西，这一层我还替那些小人们欣幸的。浙东扫墓用鼓吹，所以少年常随了乐音去看“上坟船里的姣姣”；没有钱的人家虽没有鼓吹，但是船头上篷窗下总露出些紫云英和杜鹃的花束，这也就是上坟船的确实的证据了。

辑二

自己的园地

我只希望，
祈祷，
我的心境不要再粗糙下去，
荒芜下去，
这就是我的最大愿望。

——周作人

自己的园地

周作人

一百五十年前，法国的福禄特尔做了一本小说《亢迭特》（Candide），叙述人世的苦难，嘲笑“全舌博士”的乐天哲学。亢迭特与他的老师全舌博士经了许多忧患，终于在土耳其的一角里住下，种园过活，才能得到安住。亢迭特对于全舌博士的始终不渝的乐天说，下结论道，“这些都是很好，但我们还不如去耕种自己的园地”。这句格言现在已经是“脍炙人口”，意思也很明白，不必再等我下什么注脚。但是现在把他抄来，却有一点别的意义。所谓自己的园地，本来是范围很宽，并不限定于某一种：种果蔬也罢，种药材也罢，——种蔷薇地丁也罢，只要本了他个人的自觉，在人认的不论大小的地面上，用了力量去耕种，便都是尽了他的天职了。在这平淡无奇的说话中间，我所想要特地申明的，只是在于种蔷薇地丁也是耕种我们自己的园地，与种果蔬药材，虽是种类不同而有同一的价值。

我们自己的园地是文艺，这是要在先声明的。我并非厌薄别种活动而不屑为，——我平常承认各种活动于生活都是必要，实在是小半由于没有这种的材能，大半由于缺少这样的趣味，所以不得不在这中间定一个去就。但我对于这个选择并不后悔，并不惭愧园地的小与出产的薄弱而且似乎无用。依了自己的心的倾向，去种蔷薇地丁，这是尊重个性的正当办法，即使如别人所说各人果真应报社会的恩，我也相信已经报答了，因为社会不但需要果蔬药材，却也一样迫切的需要蔷薇与地丁，——如有蔑视这些的社会，那便是白痴的，只有形体而没有精神生活的社会，我们没有去顾视他的必要。倘若用了什么名义，强迫人牺牲了个性去侍奉白痴的社会，——美其名曰迎合社会心理，——那简直与借了伦常之名强人忠君，借了国家之名强人战争一样的不合理了。

有人说道，据你所说，那么你所主张的文艺，一定是人生派的艺术了。泛称人生派的艺术，我当然是没有什么反对，但是普通所谓人生派是主张“为人生的艺术”的，对于这个我却略有一点意见。“为艺术的艺术”将艺术与人生分离，并且将人生附属于艺术，至于如王尔德的提倡人生之艺术化，固然不很妥当；“为人生的艺术”以艺术附属于人生，将艺术当作改造生活的工具而非终极，也何尝不把艺术与人生分离呢？我以为艺术当然是人生的，因为他本是我们感情生活的表现，叫他怎能与人生分离？“为人生”——于人生有实利，当然也是艺术本有的一种作用，但并非唯一的职务。总之艺术是独立的，却又原来是人性的，所以既不必使他隔离人生，又不必使他服侍人生，只任他成为浑然的人生的艺术便好了。“为艺术”派以个人为艺术的工匠，“为人生”派以艺术为人生的仆役，现在却以个人为主人，表现情思而成艺术，即为其生活之一部，初不为福利他人而作，而他人接触这艺术，得到一种共鸣与感兴，使其精神生活充实而丰富，又即以为实生活的基本；这是人生的艺术的要点，有独立的艺术美与无形的功利。我所说的蔷薇地丁的种作，便是如此。有些人种花聊以消遣，有些人种花志在卖钱；真种花者以种花为其生活，——而花亦未尝不美，未尝于人无益。

爱竹

周作人

我对于植物的竹有一种偏爱，因此对于竹器有特别的爱好。首先是竹榻，夏天凉飕飕的顶好睡，尤其赤着膊，唯一的缺点是竹条的细缝会得挟住了背上的“寒毛”，比蚊子咬还要痛。有一种竹汗衫，说起来有点相像，用长短粗细一定竹枝，穿成短衫，衬在衣服内，有隔汗的功用，也是很好的，也就是有夹肉的毛病。此外竹的用处，如笔，手杖，筷子，晾竿，种种编成的筐子，盒子，簟席，凳椅，说不尽的各式器具。竹的服装比较的少，除汗衫外，只有竹笠。我又从竹工专家的章福庆（“闰土”的父亲）那里看见过“竹履”，这是他个人的发明，用半截毛竹钉在鞋底上，在下雨天穿了，同钉鞋一样走路。不见有第二个人穿过，但他的崭新的创意，这里总值得加以纪录的。

这时首先令人记忆起的，是宋人的一篇《黄冈竹楼记》。这是专讲用竹子构造的房子，我因小时候的影响，所以很感得一种向往，不敢想得到这么一所房子来住，对于多竹的地方总是觉得很可爱好的。用竹来建筑，竹劈开一半，用作“水溜”，大概是顶好的，此外多少有些缺点，这便是竹的特点，它爱裂开，有很好的竹子本可做柱，因此就有了问题了。细的竹竿晒晾衣服，又总有裂缝，除非是长久泡在水里的“水竹管”，这才不会得开裂。假如有了一间好好的竹房，却到处都是裂缝，也是十分扫兴的事，因此推想起来，这在事实上大抵是不可能的了。

不得已而思其次，是在有竹的背景里，找这么一个住房，便永远与竹为邻。竹的好处我曾经说过，因为它好看，而且有用。树木好看的，特别是我主观的选定的也并不少，有如杨柳、梧桐、棕榈等皆是，只是用处较差，柳与桐等木材与棕皮都是有用的东西，可是比起竹来，还相形见绌，它们不能吃，就是没有竹笋。爱竹的缘故说了一大篇，似乎是很“雅”，结果终于露出了马脚，归根结蒂是很俗的，为的爱吃笋。说起竹谁都喜爱，似乎这代表“南方”，黄河以南的人提到竹，差不多都感到一种“乡愁”，但这严格的说来，也是很俗的乡愁罢了。将来即使不能到处种竹，竹器和竹笋能利用交通工具，迅速运到，那末这种乡愁已就不难消灭了。

（原载 1957 年 7 月 23 日《新民晚报刊》）

死之默想

——周作人

四世纪时希腊厌世诗人巴拉达思作有一首小诗道：

（Polla laleis，anthrope – Palladas）

“你太饶舌了，人呵，不久将睡在地下；

“住口罢，你生存时且思索那死。”

这是狠有意思的活。关于死的问题，我无事时也曾默想过，（但不坐在树下，大抵是在车上，）可是想不出什么来，——这或者因为我是个“乐天的诗人”的缘故吧。但其实我何尝一定崇拜死，有如曹慕管君，不过我不很能够感到死之神秘，所以不觉得有思索十日十夜之必要，于形而上的方面也就不能有所饶舌了。

窃察世人怕死的原因，自有种种不同，“以愚观之”可以定为三项，其一是怕死时的苦痛，其二是舍不得人世的快乐，其三是顾虑家族。苦痛比死还可怕，这是实在的事情。十多年前有一个远房的伯母，十分困苦，在十二月底想投河寻死，（我们乡间的河是经冬不冻的，）但是投了下去，她随即走了上来，说是因为水太冷了。有些人要笑她痴也未可知，但这却是真实的人情。倘若有人能够切实保证，诚如某生物学家所说，被猛兽咬死痒苏苏地很是愉快，我想一定有许多人裹粮入山去投身饲饿虎的了。可惜这一层不能担保，有些对于别项已无留恋的人因此也就不得不稍为踌躕了。

顾虑家族，大约是怕死的原因中之较小者，因为这还有救治的方法。将来如有一日，社会制度稍加改良，除施行善种的节制以外，大家不同老幼可以各尽所能，各取所需，凡平常衣食住，医药教育，均由公给，此上更好的享受再由个人的努力去取得，那么这种顾虑就可以不要，便是夜梦也一定平安得多了。不过我所说的原是空想，实现还不知在几十百千年之后，而且到底未必实现也说不定，那么也终是远水不救近火，没有什么用处。比较确实的办法还是设法发财，也可以救济这个忧虑。为得安闲的死而求发财，倒是狠高雅的俗事；只是发财不大容易，不是我们都能做的事，况且天下之富人有了钱便反死不去，则此亦颇有危险也。

人世的快乐自然是狠可贪恋的，但这似乎只在青年男女才深切的感到，像我们将近“不惑”的人，尝过了凡人的苦乐，此外别无想做皇帝的野心，也就不觉得还有舍不得的快乐。我现在的快乐只是想在闲时喝一杯清茶，看点新书，（虽然近来因为政府替我们储蓄，手头只有买茶的钱，）无论他是讲虫鸟的歌唱，或是记贤哲的思想，古今的刻绘，都足以使我感到人生的欣幸。然而朋友来谈天的时候，也就放下书卷，何况“无私神女”（Atropos）的命令呢？我们看路上许多乞丐，都已没有生人乐趣，却是苦苦的要活着，可见快乐未必是怕死的重大原因：或者舍不得人世的苦辛也足以叫人留恋这个尘世罢。讲到他们，实在已是了无牵挂，大可“来去自由”，实际却不能如此，倘若不是为了上边所说的原因，一定是因为怕河水比彻骨的北风更冷的缘故了？

对于“不死”的问题，又有什么意见呢？因为少年时当过五六年的水兵，头脑中多少受了唯物论的影响，总觉得造不起“不死”这个观念来，虽然我狠喜欢听荒唐的神话。即使照神话故事所讲，那种长生不老的生活我也一点儿都不喜欢。住在冷冰冰的金门玉阶的屋里，吃着五香牛肉一类的麟肝凤脯，天天游手好闲，不在松树下着棋，便同金童玉女厮混，也不见得有什么趣味，况且永远如此，更是单调而且困倦了。又听人说，仙家的时间是与凡人不同的，诗云“山中方七日，世上已千年，”所以烂柯山下的六十年在棋边只是半个时辰耳，那里会有日子太长之感呢？但是由我看来，仙人活了二百万岁也只抵得人间的四十春秋，这样浪费时间无裨实际的生活，殊不值得费尽了心机去求得他；倘若二百万年后劫波到来，就此溘然，将被五十岁的凡夫所笑。较好一点的还是那西方凤鸟（Phoinix）的办法，活上五百年，便尔蜕去，化为幼凤，这样的轮回倒很好玩的，——可惜他们是只此一家，别人不能仿作，大约我们还只好在这被容许的时光中，就这平凡的境地中，寻得些须的安闲悦乐，即是无上幸福；至于“死后，如何？”的问题，乃是神秘派诗人的领域，我们平凡人对于成仙做鬼都不关心，于此自然就没有什么兴趣了。

苦雨

——周作人

伏园兄：

北京近日多雨，你在长安道上不知也遇到否，想必能增你旅行的许多佳趣。雨中旅行不一定是很愉快的，我以前在杭沪车上时常遇雨，每感困难，所以我于火车的雨不能感到什么兴味，但卧在乌篷船里，静听打篷的雨声，加上欸乃的橹声以及“靠塘来，靠下去”的呼声，却是一种梦似的诗境。倘若更大胆一点，仰卧在脚划小船内，冒雨夜行，更显出水乡住民的风趣，虽然较为危险，一不小心，拙劣地转一个身，便要使船底朝天。二十多年前往东浦吊先父的保姆之丧，归途遇暴风雨，一叶扁舟在白鹅似的波浪中间滚过大树港，危险极也愉快极了。我大约还有好些“为鱼”时候——至少也是断发文身时候的脾气，对于水颇感到亲近，不过北京的泥塘似的许多“海”实在不很满意，这样的水没有也并不怎么可惜。你往“陕半天”去似乎要走好两天的准沙漠路，在那时候倘若遇见风雨，大约是很舒服的，遥想你胡坐骡车中，在大漠之上，大雨之下，喝着四打之内的汽水，悠然进行，可以算是“不亦快哉”之一。但这只是我的空想，如诗人的理想一样的靠不住，或者你在骡车中遇雨，很感困难，正在叫苦连天也未可知，这须等你回京后问你再说了。

我住在北京，遇见这几天的雨，却叫我十分难过。北京向来少雨，所以不但雨具不很完全，便是家屋构造，于防雨亦欠周密。除了真正富翁以外，很少用实垛砖墙，大抵只用泥墙抹灰敷衍了事。近来天气转变，南方酷寒而北方淫雨，因此两方面的建筑上都露出缺陷。一星期前的雨把后园的西墙淋坍，第二天就有“梁上君子”来摸索北房的铁丝窗，从次日起赶紧邀了七八位匠人，费两天工夫，从头改筑，已经成功十分八九，总算可以高枕而卧，前夜的雨却又将门口的南墙冲倒二三丈之谱。这回受惊的可不是我了，乃是川岛君“渠们”俩，因为“梁上君子”如再见光顾，一定是去躲在“渠们”的窗下窃听的了。为消除“渠们”的不安起见，一等天气晴正，急须大举地修筑，希望日子不至于很久，这几天只好暂时拜托川岛君的老弟费神代为警护罢了。

前天十足下了一夜的雨，使我夜里不知醒了几遍。北京除了偶然有人高兴放几个爆仗以外，夜里总还安静，那样哗喇哗喇的雨声在我的耳朵已经不很听惯，所以时常被它惊醒，就是睡着也仿佛觉得耳边粘着面条似的东西，睡的很不痛快，还有一层，前天晚间据小孩们报告，前面院子里的积水已经离台阶不及一寸，夜里听着雨声，心里胡里胡涂地总是想水已上了台阶，浸入西边的书房里了。好容易到了早上五点钟，赤脚撑伞，跑到西屋一看，果然不出所料，水浸满了全屋，约有一寸深浅，这才叹了一口气，觉得放心了；倘若这样兴高采烈地跑去，一看却没有水，恐怕那时反觉得失望，没有现在那样的满足也说不定。幸而书籍都没有湿，虽然是没有什么价值的东西，但是湿成一饼一饼的纸糕，也很是不愉快。现今水虽已退，还留下一种涨过大水后的普通的臭味，固然不能留客坐谈，就是自己也不能在那里写字，所以这封信是在里边炕桌上写的。

这回的大雨，只有两种人最喜欢。第一是小孩们。他们喜欢水，却极不容易得到，现在看见院子里成了河，便成群结队的去“淌河”去。赤了足伸到水里去，实在很有点冷，但他们不怕，下到水里还不肯上来。大人见小孩们玩的有趣，也一个两个地加入，但是成绩却不甚佳，那一天里滑倒了三个人，其中两个都是大人，——其一为我的兄弟，其一是川岛君。第二种喜欢下雨的则为虾蟆。从前同小孩们住高亮桥去钓鱼钓不着，只捉了好些虾蟆，有绿的，有花条的，拿回来都放在院子里，平常偶叫几声，在这几天里便整日叫唤，或者是荒年之兆，却极有田村的风味。有许多耳朵皮嫩的人，很恶喧嚣，如麻雀虾蟆或蝉的叫声，凡足以妨碍他们的甜睡者，无一不痛恶而深绝之，大有欲灭此而午睡之意。我觉得大可以不必如此，随便听听都是很有趣味的，不但是这些久成诗料的东西，一切鸣声其实都可以听。虾蟆在水田里群叫，深夜静听，往往变成一种金属音，很是特别，又有时仿佛是狗叫，古人常称蛙虾为吠，大约也是从实验而来。我们院子里的虾蟆现在只见花条的一种，它的叫声更不漂亮，只是格格格这个叫法，可以说是革音，平常自一声至三声，不会更多，唯在下雨的早晨，听它一口气叫上十二三声，可见它是实在喜欢极了。

这一场大雨恐怕在乡下的穷朋友是很大的一个不幸，但是我不曾亲见，单靠想象是不中用的，所以我不去虚伪地代为悲叹了，倘若有人说这所记的只是个人的事情，于人生无益，我也承认，我本来只想说个人的私事，此外别无意思。今天太阳已经出来，傍晚可以出外去游嬉，这封信也就不再写下去了。

我本等着看你的秦游记，现在却由我先写给你看，这也可以算是“意表之外”的事罢。

十三年七月十七日在京城书。

一年的长进

——周作人

在最近的五个礼拜里，一连过了两个年，这才算真正过了年，是民国十三年岁次甲子了。回想过去的“猪儿年”，国内虽然起了不少的重要变化，在我个人除了痴长一岁之外，实在乏善可陈，但仔细想来也不能说毫无长进，这是我所觉得尚堪告慰的。

这一年里我的唯一的长进，是知道自己之无所知。以前我也自以为是有所知的，在古今的贤哲里找到一位师傅，便可以据为典要，造成一种主见，评量一切，这倒是很简易的办法。但是这样的一位师傅后来觉得逐渐有点难找，于是不禁狼狈起来，如瞎子之失了棒了；既不肯听别人现成的话，自己又想不出意见，归结只好老实招认，述蒙丹尼（Montaigne）的话道“我知道什么？”我每日看报，实在总是心里胡里胡涂的，对于政治外交上种种的争执往往不能了解谁是谁非，因为觉得两边的话都是难怪，却又都有点靠不住。我常怀疑，难道我是没有“良知”的么？我觉得不能不答应说“好象是的”，虽然我知道这句话一定要使提唱王学的朋友大不高兴。真的，我的心里确是空澌澌的，好象是旧殿里的那把椅子，——不过这也是很清爽的事。我若能找到一个“单纯的信仰”，或者一个固执的偏见，我就有了主意，自然可以满足而且快活了；但是有偏见的想除掉固不容易，没有时要去找来却也有点为难。大约我之无所知也不是今日始的，不过以前自以为知罢了；现在忽然觉悟过来，正是好事，殊可无须寻求补救的方法，因为露出的马脚才是真脚，自知无所知却是我的第一个的真知也。

我很喜欢，可以趁这个机会对于以前曾把书报稿件寄给我看的诸位声明一下。我接到印有“乞批评”字样的各种文字，总想竭力奉陪的，无如照上边所说，我实在是不能批评，也不敢批评，倘若硬要我说好坏，我只好仿主考的用脚一踢，——但这当然是毫不足凭的。我也曾听说世上有安诺德等大批评家，但安诺德可，我则不可。我只想多看一点大批评家的言论，广广自己的见识，没有用朱笔批点别人文章的意思，所以对于“乞批评”的要求，常是“有方尊命”，诸祈鉴原是幸。

又是一年芳草绿

——老舍

悲观有一样好处，它能叫人把事情都看轻了一些。这个可也就是我的坏处，它不起劲，不积极。您看我挺爱笑不是？因为我悲观。悲观，所以我不能板起面孔，大喊：“孤——刘备！”我不能这样。一想到这样，我就要把自己笑毛咕了。看着别人吹胡子瞪眼睛，我从脊梁沟上发麻，非笑不可。我笑别人，因为我看不起自己。别人笑我，我觉得应该；说得天好，我不过是脸上平润一点的猴子。我笑别人，往往招人不愿意；不是别人的量小，而是不像我这样稀松，这样悲观。

我打不起精神去积极地干，这是我的大毛病。可是我不懒，凡是我该作的我总想把它作了，总算得点报酬养活自己与家里的人——往好了说，尽我的本分。我的悲观还没到想自杀的程度，不能不找点事作。有朝一日非死不可呢，那只好死喽，我有什么法儿呢？

这样，你瞧，我是无大志的人。我不想当皇上。最乐观的人才敢作皇上，我没这份胆气。

有人说我很幽默，不敢当。我不懂什么是幽默。假如一定问我，我只能说我觉得自己可笑，别人也可笑；我不比别人高，别人也不比我高。谁都有缺欠，谁都有可笑的地方。我跟谁都说得来，可是他得愿意跟我说；他一定说他是圣人，叫我三跪九叩报门而进，我没这个瘾。我不教训别人，也不听别人的教训。幽默，据我这么想，不是嬉皮笑脸，死不要鼻子。

也不是怎股子劲儿，我成了个写家。我的朋友德成粮店的写帐先生也是写家，我跟他同等，并且管他叫二哥。既是个写家，当然得写了。“风格即人”——还是“风格即驴”？——我是怎个人自然写怎样的文章了。于是有人管我叫幽默的写家。我不以这为荣，也不以这为辱。我写我的。卖得出去呢，多得个三块五块的，买什么吃不香呢。卖不出去呢，拉倒，我早知道指着写文章吃饭是不易的事。

稿子寄出去，有时候是肉包子打狗，一去不回头；连个回信也没有。这，咱只好幽默；多咱见着那个骗子再说，见着他，大概我们俩总有一个笑着去见阎王的，不过，这是不很多见的，要不怎么我还没想自杀呢。常见的事是这个，稿子登出去，酬金就睡着了，睡得还是挺香甜。直到我也睡着了，它忽然来了，仿佛故意吓人玩。数目也惊人，它能使我觉得自己不过值一毛五一斤，比猪肉还便宜呢。这个咱也不说什么，国难期间，大家都得受点苦，人家开铺子的也不容易，掌柜的吃肉，给咱点汤喝，就得念佛。是的，我是不能当皇上，焚书坑掌柜的，咱没那个狠心，你看这个劲儿！不过，有人想坑他们呢，我也不便拦着。

这么一来，可就有许多人看不起我。连好朋友都说："伙计，你也硬正着点，说你是为人类而写作，说你是中国的高尔基；你太泄气了！"真的，我是泄气，我看高尔基的胡子可笑。他老人家那股子自卖自夸的劲儿，打死我也学不来。人类要等着我写文章才变体面了，那恐怕太晚了吧？我老觉得文学是有用的；拉长了说，它比任何东西都有用，都高明。可是往眼前说，它不如一尊高射炮，或一锅饭有用。我不能吆喝我的作品是“人类改造丸”，我也不相信把文学杀死便天下太平。我写就是了。

别人的批评呢？批评是有益处的。我爱批评，它多少给我点益处；即使完全不对，不是还让我笑一笑吗？自己写的时候仿佛是蒸馒头呢，热气腾腾，莫名其妙。及至冷眼人一看，一定看出许多错儿来。我感谢这种指摘。说的不对呢，那是他的错儿，不干我的事。我永不驳辩，这似乎是胆儿小；可是也许是我的宽宏大量。我不便往自己脸上贴金。一件事总得由两面瞧，是不是？

对于我自己的作品，我不拿她们当作宝贝。是呀，当写作的时候，我是卖了力气，我想往好了写。可是一个人的天才与经验是有限的，谁也不敢保了老写的好，连荷马也有打盹的时候。有的人呢，每一拿笔便想到自己是但丁，是莎士比亚。这没有什么不可以的，天才须有自信的心。我可不敢这样，我的悲观使我看轻自己。我常想客观的估量估量自己的才力；这不易做到，我究竟不能像别人看我看得那样清楚；好吧，既不能十分看清楚了自己，也就不用装蒜，谦虚是必要的，可是装蒜也大可以不必。

对作人，我也是这样。我不希望自己是个完人，也不故意的招人家的骂。该求朋友的呢，就求；该给朋友作的呢，就作。作的好不好，咱们大家凭良心。所以我很和气，见着谁都能扯一套。可是，初次见面的人，我可是不大爱说话；特别是见着女人，我简直张不开口，我怕说错了话。在家里，我倒不十分怕太太，可是对别的女人老觉着恐慌，我不大明白妇女的心理；要是信口开河的说，我不定说出什么来呢，而妇女又爱挑眼。男人也有许多爱挑眼的，所以初次见面，我不大愿开口。我最不喜辩论，因为红着脖子粗着筋的太不幽默。我最不喜欢好吹腾的人，可并不拒绝与这样的人谈话；我不爱这样的人，但喜欢听他的吹。最好是听着他吹，吹着吹着连他自己也忘了吹到什么地方去，那才有趣。

可喜的是有好几位生朋友都这么说："没见着阁下的时候，总以为阁下有八十多岁了。敢情阁下并不老。"是的，虽然将奔四十的人，我倒还不老。因为对事轻淡，我心中不大藏着计划，作事也无须要手段，所以我能笑，爱笑；天真的笑多少显着年轻一些。我悲观，但是不愿老声老气的悲观，那近乎"虎事"。我愿意老年轻轻的，死的时候像朵春花将残似的那样哀而不伤。我就怕什么"权威"咧，"大家"咧，"大师"咧，等等老气横秋的字眼们。我爱小孩，花草，小猫，小狗，小鱼；这些都不“虎事”。偶尔看见个穿小马褂的“小大人”，我能难受半天，特别是那种所谓聪明的孩子，让我难过。比如说，一群小孩都在那儿看变戏法儿，我也在那儿，单会有那么一两个七八岁的小老头说：“这都是假的！”这叫我立刻走开，心里堵上一大块。世界确是更“文明”了，小孩也懂事懂得早了，可是我还愿意大家傻一点，特别是小孩。假若小猫刚生下来就会捕鼠，我就不再养猫，虽然它也许是个神猫。

我不大爱说自己，这多少近乎“吹”。人是不容易看清楚自己的。不过，刚过完了年，心中还慌着，叫我写“人生于世”，实在写不出，所以就近的拿自己当材料。万一将来我不得已而作了皇上呢，这篇东西也许成为史料，等着瞧吧。

这几个月的生活

老舍

自去年七月中辞去教职，到如今已快八个月了。数月里，有的朋友还把信寄到学校去；有的就说我没有了影儿；有的说我已经到哪里哪里作着什么什么事……我不愿变成个谜，教大家猜着玩，所以写几句出来，一打两用：一来解疑，二来就手儿当作稿子。

辞职后，一直住在青岛，压根儿就没动窝。青岛自秋至春都非常的安静，绝不像只在夏天来过的人所说的那么热闹。

安静，所以适于写作，这就是我舍不得离开此地的原因。

除了星期日或有点病的时候，我天天总写一点，有时少至几百字，有时多过三千；平均地算，每天可得二千来字。细水长流，架不住老写，日子一多，自有成绩，可是，从发表过的来看，似乎凑不上这个数儿，那是因为长稿即使写完，也不能一口气登出，每月只能发表一两段。还有写好又扔掉也是常有的事，所以有伤耗。

地方安静，个人的生活也就有了规律。我每天差不多总是七点起床，梳洗过后便到院中去打拳，自一刻钟到半点钟，要看高兴不高兴。不过，即使高兴，也必打上一刻钟，求其不间断。遇上雨或雪，就在屋中练练小拳。

这种运动不一定比别种运动好，而且要刀弄棒，大有义和拳上体的嫌疑。不过它的好处是方便：用不着去找伴儿，一个人随时随地都可以活动；独自打篮球，虽然胜利都是自己的，究竟不大有趣。再说，和大家一同打球，人家用多大的力气，自己也得陪着；不能一劲儿请求大家原谅。打拳呢，可长可短，可软可硬，由慢而速，亦可由速而慢，缺乏纪律，可是能够从心所欲不逾矩。它没有篮球足球那么激烈，可比纯徒手操活泼，练上几趟就多少能见点汗儿；背上微微见汗，脸色微红，最为舒服。只要有恒心，天天活动一会儿，必定有益。

打完拳，我便去浇花，喜花而不会养，只有天天浇水，以求不亏心。有的花不知好歹，水多就死；有的花，勉强地到时开几朵小花。不管它们怎样吧，反正我尽了责任。这么磨蹭十多分钟，才去吃早饭，看报。这差不多就快九点钟了。

吃过早饭，看看有应回答的信没有；若有，就先写信，溜一溜脑子；若没有，就试着写点文章。在这时候写文，不易成功，脑子总是东一头西一脚地乱闹哄。勉强地写一点，多数是得扔到纸篓去。不过，这么闹哄一阵，虽白纸上未落多少黑字，可是这一天所要写的，多少有了个谱儿，到下午便有辙可循，不至再拿起笔来发怔了。简直可以这么说，早半天的工作是抛自己的砖，以便引出自家的玉来。

十一时左右，外埠的报纸与信件来到，看报看信；也许有个朋友来谈一会儿，一早晨就这么无为而治地过去了。遇到天气特别晴美的时候，少不得就带小孩到公园去看猴，或到海边拾蛤壳。这得九点多就出发，十二时才能回来，我们是能将一里路当作十里走的；看见地上一颗特别亮的沙子，我们也能研究老大半天。

十二点吃午饭。吃完饭，我抢先去睡午觉，给孩子们示范。等孩子都决定去学我的好榜样，而闭上了眼，我便起来了；我只需一刻钟左右的休息，不必睡那伟大的觉。孩子睡了，我便可以安心拿起笔来写一阵。等到他们醒来，我就把墨水瓶盖好，一直到晚八点再打开。大概的说吧，写文的主要时间是午后两点到三点半，和晚上八点到九点半。这两个时间，我可以不受小孩们的欺侮。

九点半必定停止工作。按说，青岛的夜里最适于写文，因为各处静得连狗仿佛都懒得吠一声，可是，我不敢多写，身体顶不住；一咬牙，我便整夜地睡不好；若是早睡呢，我便能睡得像块木头，有人把我搬了走我也不知道，我可也不去睡得太早了，因为末一次的信是九点后才能送到，我得等着；还有呢，花猫每晚必出去活动，到九点后才回来，把猫收入，我才好锁上门。有时候躺下而睡不着，便读些书，直到困了为止。读书能引起倦意，写文可不能；读书是把别人的思想装入自己的脑子里，写文是把自己的思想挤出来，这两样不是一回事，写文更累得慌。

星期六下午和星期日整天，该热闹了。看朋友，约吃饭，理发，偶尔也看看电影，都在这两天。一到星期一，便又安静起来，鸦雀无声，除了和孩子们说废话，几乎连唇齿舌喉都没有了用处似的。说真的，青岛确是过于安静了。可是，只要熬过一两个月，习惯了，可也就舍不得它了。

按说，我既爱安静，而又能在这极安静的地方写点东西，岂不是很抖的事吗？唉！（必得先叹一口气！）都好哇，就是写文章吃不了饭啊！

我的身体不算很强，多写字总不能算是对我有益处的事。但是，我不在乎，多活几年，少活几年，有什么关系呢？死，我不怕；死不了而天天吃个半饱，远不如死了呢。我爱写作，可就是得挨饿，怎办呢？连版税带稿费，一共还不抵教书的收入的一半，而青岛的生活程度又是那么高，买葱要论一分钱的，坐车起码是一毛钱！怎样活下去呢？

常常接到青年朋友们的著作，叫我给看，改；如有可能，给介绍到各杂志上去。每接到一份，我就要落泪，我没有工夫给详细地改，但是总抓着工夫给看一遍，尽我所能见到的给批注一下，客气地给寄回去。有好一点的呢，我当然找个相当的刊物，给介绍一下；选用与否，我不能管，尽到我的心算了。这点义务工作，不算什么；我要落泪，因为这些青年们都是想要指着投稿吃饭的呀！——这里没有饭吃！

干什么不是以力气挣钱呢，卖文章也是自食其力，不是什么坏事。不过，干这一行，第一是大有害于健康；老爬在桌上写，老思索，老憋闷得慌；有几个文人不害肺病呢？第二是卖了力气，拼了命，结果还卖不出钱来。越穷便越牢骚，越自苦，越咬牙，不久，怎样？不幸短命死矣！穷而后工，咱没见过；穷而后死，比比皆是。但分能干别的去，不要往这里走，此路不通！

为艺术而牺牲哟，不怕哟！好，这要不是你爸爸有钱，便是你不想活着。不想活着，找死还不容易，何必单找这条道儿？这么死，连死都不能痛痛快快的。到前线上去，哪一个枪弹不比钢笔头儿脆快呢？

我爱说实话，实话本不能悦耳；信不信由你吧，我算干够了。只有一条路可以使我继续下去这种生活，得航空奖券的头奖。不过，梦上加梦，也许有一天会疯了的。

孤独的生活

萧红

蓝色的电灯，好像通夜也没有关，所以我醒来一次看看墙壁是发蓝的，再醒来一次，也是发蓝的。天明之前，我听到蚊虫在帐子外面嗡嗡嗡嗡地叫着，我想，我该起来了，蚊虫都吵得这样热闹了。

收拾了房间之后，想要做点什么事情这点，日本与我们中国不同，街上虽然已经响着木屐的声音，但家屋仍和睡着一般的安静。我拿起笔来，想要写点什么，在未写之前必得要先想，可是这一想，就把所想的忘了！

为什么这样静呢？我反倒对着这安静不安起来。

于是出去，在街上走走，这街也不和我们中国的一样，也是太静了，也好像正在睡觉似的。

于是又回到了房间，我仍要想我所想的；在席子上面走着，吃一根香烟，喝一杯冷水，觉得已经差不多了，坐下来吧！写吧！

刚刚坐下来，太阳又照满了我的桌子。又把桌子换了位置，放在墙角去，墙角又没有风，所以满头流汗了。

再站起来走走，觉得所要写的，越想越不应该写，好，再另计划别的。

好像疲乏了似的，就在席子上面躺下来，偏偏帘子上有一个蜂子飞来，怕它刺着我，起来把它打跑了。刚一躺下，树上又有一个蝉开头叫起。蝉叫倒也不算奇怪，但只一个，听来那声音就特别大，我把头从窗子伸出去，想看看，到底是在那一棵树上？可是邻人拍手的声音，比蝉声更大，他们在笑了。我是在看蝉，他们一定以为我是在看他们。

于是穿起衣裳来，去吃中饭。经过华的门前，她们不在家，两双拖鞋摆在木箱上面。她们的女房东，向我说了一些什么，我一个字也不懂，大概也就是说她们不在家的意思。日本食堂之类，自己不敢去，怕人看成个阿墨林。所以去的是中国饭馆，一进门那个戴白帽子的就说：

“伊拉瞎伊麻丝……”

这我倒懂得，就是“来啦”的意思。既然坐下之后，他仍说的是日本话，于是我跑到厨房去，对厨子说了：要吃什么，要吃什么。

回来又到华的门前看看，还没有回来，两双拖鞋仍摆在木箱上。她们的房东又不知向我说了些什么！

晚饭时候，我没有去寻她们，出去买了东西回到家里来吃，照例买的面包和火腿。

吃了这些东西之后，着实是寂寞了。外面打着雷，天阴得混混沉沉的了。想要出去走走，又怕下雨，不然，又是比日里还要长的夜，又把我留在房间里了。终于拿了雨衣，走出去了，想要逛逛夜市，也怕下雨，还是去看华吧！一边带着失望一边向前走着，结果，她们仍是没有回来，仍是看到了两双拖鞋，仍是听到了那房东说了些我所不懂的话语。

假若，再有别的朋友或熟人，就是冒着雨，我也要去找他们，但实际是没有的。只好照着原路又走回来了。

现在是下着雨，桌子上面的书，除掉《水浒》之外，还有一本胡风译的《山灵》。《水浒》我连翻也不想翻，至于《山灵》，就是抱着我这一种心情来读，有意义的书也读坏了。

雨一停下来，穿着街灯的树叶好像萤火似的发光，过了一些时候，我再看树叶时那就完全漆黑了。

雨又开始了，但我的周围仍是静的，关起了窗子，只听到屋瓦滴滴的响着。

我放下了帐子，打开蓝色的电灯，并不是准备睡觉，是准备看书了。

读完了《山灵》上《声》的那篇，雨不知道已经停了多久了？那已经哑了的权龙八，他对他自己的不幸，并不正面去惋惜，他正为着铲除这种不幸才来干这样的事情的。

已经哑了的丈夫，他的妻来接见他的时候，他只把手放在嘴唇前面摆来摆去，接着他的脸就红了，当他红脸的时候，我不晓得那是什么心情激动了他？还有，他在监房里读着速成国语读本的时候，他的伙伴都想要说："你话都不会说，还学日文干什么！"

在他读的时候，他只是听到像是蒸气从喉咙漏出来的一样。恐怖立刻浸着了他，他慌忙的按了监房里的报知机，等他把人喊了来，他又不说什么，只是在嘴的前面摇着手。所以看守骂他：“为什么什么也不说呢？混蛋！”

医生说他是“声带破裂，”他才晓得自己一生也不会说话了。

我感到了蓝色灯光的不足，于是开了那只白灯泡，准备再把《山灵》读下去。我的四面虽然更静了，等到我把自己也忘掉了时，好象我的周围也动荡了起来。

天还未明，我又读了三篇。

永远的憧憬和追求

萧红

一九一一年，在一个小县城里边，我生在一个小地主的家里。那县城差不多就是中国的最东最北部——黑龙江省——所以一年之中，倒有四个月飘着白雪。

父亲常常为着贪婪而失掉了人性。他对待仆人，对待自己的儿女，以及对待我的祖父都是同样的吝啬而疏远，甚至于无情。

有一次，为着房屋租金的事情，父亲把房客的全套的马车赶了过来。房客的家属们哭着诉说着，向我的祖父跪了下来，于是祖父把两匹棕色的马从车上解下来还了回去。

为着这匹马，父亲向祖父起着终夜的争吵。“两匹马，咱们是算不了什么的，穷人，这匹马就是命根。”祖父这样说着，而父亲还是争吵。九岁时，母亲死去。父亲也就更变了样，偶然打碎了一只杯子，他就要骂到使人发抖的程度。后来就连父亲的眼睛也转了弯，每从他的身边经过，我就像自己的身上生了针刺一样；他斜视着你，他那高傲的眼光从鼻梁经过嘴角而后往下流着。

所以每每在大雪中的黄昏里，围着暖炉，围着祖父，听着祖父读着诗篇，看着祖父读着诗篇时微红的嘴唇。

父亲打了我的时候，我就在祖父的房里，一直面向着窗子，从黄昏到深夜——窗外的白雪，好像白棉花一样飘着；而暖炉上水壶的盖子，则像伴奏的乐器似的振动着。

祖父时时把多纹的两手放在我的肩上，而后又放在我的头上，我的耳边便响着这样的声音：

“快快长吧！长大就好了。”

二十岁那年，我就逃出了父亲的家庭。直到现在还是过着流浪的生活。

“长大”是“长大”了，而没有“好”。

可是从祖父那里，知道了人生除掉了冰冷和憎恶而外，还有温暖和爱。

所以我就向这“温暖”和“爱”的方面，怀着永久的憧憬和追求。

一片阳光

——林徽因

放了假，春初的日子松弛下来。将午未午时候的阳光，橙黄的一片，由窗棂横浸到室内，晶莹地四处射。我有点发怔，习惯地在沉寂中惊讶我的周围。我望着太阳那湛明的体质，像要辨别它那交织绚烂的色泽，追逐它那不着痕迹的流动。看它洁净地映到书桌上时，我感到桌面上平铺着一种恬静，一种精神上的豪兴，情趣上的闲逸；即或所谓“窗明几净”，那里默守着神秘的期待，漾开诗的气氛。那种静，在静里似可听到那一处琤琮的泉流，和着仿佛是断续的琴声，低诉着一个幽独者自娱的音调。看到这同一片阳光射到地上时，我感到地面上花影浮动，暗香吹拂左右，人随着晌午的光霭花气在变幻，那种动，柔谐婉转有如无声音乐，令人悠然轻快，不自觉地脱落伤愁。至多，在舒扬理智的客观里使我偶一回头，看看过去幼年记忆步履所留的残迹，有点儿惋惜时间；微微怪时间不能保存情绪，保存那一切情绪所曾流连的境界。

倚在软椅上不但奢侈，也许更是一种过失，有闲的过失。但东坡的辩护："懒者常似静，静岂懒者徒"，不是没有道理。如果此刻不倚榻上而"静"，则方才情绪所兜的小小圈子便无条件地失落了去！人家就不可惜它，自己却实在不能不感到这种亲密的损失的可哀。

就说它是情绪上的小小旅行吧，不走并无不可，不过走走未始不是更好。归根说，我们活在这世上到底最珍惜一些什么？果真珍惜万物之灵的人的活动所产生的种种，所谓人类文化？这人类文化到底又靠一些什么？我们怀疑或许就是人身上那一撮精神同机体的感觉，生理心理所共起的情感，所激发出的一串行为，所聚敛的一点智慧——那么一点点人之所以为人的表现。宇宙万物客观的本无所可珍惜，反映在人性上的山川草木禽兽才开始有了秀丽，有了气质，有了灵犀。反映在人性上的人自己更不用说。没有人的感觉，人的情感，即便有自然，也就没有自然的美，质或神方面更无所谓人的智慧，人的创造，人的一切生活艺术的表现！这样说来，谁该鄙弃自己感觉上的小小旅行？为壮壮自己胆子，我们更该相信唯其人类有这类情绪的驰骋，实际的世间才赓续着产生我们精神所寄托的文物精粹。

此刻我竟可以微微一咳嗽，乃至于用播音的圆润口调说：我们既然无疑地珍惜文化，即尊重盘古到今种种的艺术——无论是抽象的思想艺术，或具体的驾驭天然材料另创的非天然形象——则对于艺术所由来的渊源，那点点人的感觉，人的情感智慧（通称人的情绪），又当如何地珍惜才算合理？

但是情绪的驰骋，显然不是诗或画或任何其他艺术建造的完成。这驰骋此刻虽占了自己生活的若干时间，却并不在空间里占任何一个小小位置！这个情形自己需完全明了。此刻它仅是一种无踪迹的流动，并无栖身的形体。它或含有各种或可捉摸的素质，但是好奇地探讨这个素质而具体要表现它的差事，无论其有无意义，除却本人外，别人是无能为力的。我此刻为着一片清婉可喜的阳光，分明自己在对内心交流变化的各种联想发生一种兴趣的注意，换句话说，这好奇与兴趣的注意已是我此刻生活的活动。一种力量又迫着我把握住这个活动，而设法表现它，这不易抑制的冲动，或即所谓艺术冲动也未可知！只记得冷静的杜工部散散步，看看花，也不免会有“江上被花恼不彻，无处告诉只颠狂”的情绪上一片紊乱！玲珑煦暖的阳光照人面前，那美的感人力量就不减于花，不容我生硬地自己把情绪分划为有闲与实际的两种，而权其轻重，然后再决定取舍的。我也只有情绪上的一片紊乱。

情绪的旅行本偶然的事，今天一开头并为着这片初春晌午的阳光，现在也还是为着它。房间内有两种豪侈的光常叫我的心绪紧张如同花开，趁着感觉的微风，深浅零乱于冷智的枝叶中间。一种是烛光，高高的台座，长垂的烛泪，熊熊红焰当帘幕四下时各处光影掩映。那种闪烁明艳，雅有古意，明明是画中景象，却含有更多诗的成分。另一种便是这初春晌午的阳光，到时候有意无意地大片子洒落满室，那些窗棂栏板几案笔砚浴在光霭中，一时全成了静物图案；再有红蕊细枝点缀几处，室内更是清香浮溢，叫人俯仰全触到一种灵性。

这种说法怕有点会发生误会，我并不说这片阳光射入室内，需要笔砚花香那些儒雅的托衬才能动人，我的意思倒是：室内顶寻常的一些供设，只要一片阳光这样又幽娴又洒脱地落在上面，一切都会带上另一种动人的气息。

这里要说到我最初认识的一片阳光。那年我六岁，记得是刚刚出了水珠以后——水珠即寻常水痘，不过我家乡的话叫它作水珠。当时我很喜欢那美丽的名字，忘却它是一种病，因而也觉到一种神秘的骄傲。只要人过我窗口问问出“水珠”么？我就感到一种荣耀。那个感觉至今还印在脑子里。也为这个缘故，我还记得病中奢侈的愉悦心境。虽然同其他多次的害病一样，那次我仍然是孤独地被囚禁在一间房屋里休养的。那是我们老宅子里最后的一进房子；白粉墙围着小小院子，北面一排三间，当中夹着一个开敞的厅堂。我病在东头娘的卧室里。西头是婶娘的住房。娘同婶永远要在祖母的前院里行使她们女人们的职务的，于是我常是这三间房屋唯一留守的主人。

在那三间屋子里病着，那经验是难堪的。时间过得特别慢，尤其是在日中豪无睡意的时候。起初，我仅集注我的听觉在各种似脚步又不似脚步的上面。猜想着，等候着，希望着人来。间或听听隔墙各种琐碎的声音，由墙基底下传达出来又消敛了去。过一会儿，我就不耐烦了——不记得是怎样的，我就趿着鞋，挨着木床走到房门边。房门向着厅堂斜斜地开着一扇，我便扶着门框好奇地向外探望。

那时大概刚是午后两点钟光景，一张刚开过饭的八仙桌，异常寂寞地立在当中。桌下一片由厅口处射进来的阳光，泄泄融融地倒在那里。一个绝对悄寂的周围伴着这一片无声的金色的晶莹，不知为什么，忽使我六岁孩子的心里起了一次极不平常的振荡。

那里并没有几案花香，美术的布置，只是一张极寻常的八仙桌。如果我的记忆没有错，那上面在不多时间以前，是刚陈列过咸鱼、酱菜一类极寻常简朴的午餐的。小孩子的心却呆了。或许两只眼睛倒张大一点，四处张望，似乎在寻觅一个问题的答案。为什么那片阳光美得那样动人？我记得我爬到房内窗前的桌子上坐着，有意无意地望望窗外，院里粉墙疏影同室内那片金色和煦截然不同趣味。顺便我翻开手边娘梳妆用的旧式镜箱，又上下摇动那小排状抽屉，同那刻成花篮形的小铜坠子，不时听雀跃过枝清脆的鸟语，心里却仍为那片阳光隐着一片模糊的疑问。

时间经过二十多年，直到今天，又是这样一泄阳光，一片不可捉摸，不可思议流动的而又恬静的瑰宝，我才明白我那问题是永远没有答案的。事实上仅是如此：一张孤独的桌，一角寂寞的厅堂，一只灵巧的镜箱，或窗外断续的鸟语，和水珠——那美丽小孩子的病名——便凑巧永远同初春静沉的阳光整整复斜斜地成了我回忆中极自然的联想。

（本文原载于1946年11月24日《大公报·文艺副刊》）

蛛丝与梅花

林徽因

真真地就是那么两根蛛丝，由门框边轻轻地牵到一枝梅花上。就是那么两根细丝，迎着太阳光发亮……再多了，那还像样么？一个摩登家庭如何能容蛛网在光天白日里作怪，管它有多美丽，多玄妙，多细致，够你对着它联想到一切自然、造物的神工和不可思议处；这两根丝本来就该使人脸红，且在冬天够多特别！可是亮亮的，细细的，倒有点像银，也有点像玻璃制的细丝，委实不算讨厌，尤其是它们那么潇脱风雅，偏偏那样有意无意地斜着搭在梅花的枝梢上。

你向着那丝看，冬天的太阳照满了屋内，窗明几净，每朵含苞的、开透的、半开的梅花在那里挺秀吐香，情绪不禁迷茫缥缈地充溢心胸，在那刹那的时间中振荡。同蛛丝一样地细弱，和不必需，思想开始抛引出去；由过去牵到将来，意识的，非意识的，由门框梅花牵出宇宙，浮云沧波踪迹不定。是人性，艺术，还是哲学，你也无暇计较，你不能制止你情绪的充溢，思想的驰骋，蛛丝梅花竟然是瞬息可以千里！

好比你是蜘蛛，你的周围也有你自织的蛛网，细致地牵引着天地，不怕多少次风雨来吹断它，你不会停止了这生命上基本的活动。此刻……“一枝斜好，幽香不知甚处”……

拿梅花来说吧，一串串丹红的结蕊缀在秀劲的傲骨上，最可爱，最可赏，等半绽将开地错落在老枝上时，你便会心跳！梅花最怕开；开了便没话说。索性残了，沁香拂散同夜里炉火都能成了一种温存的凄清。

记起了，也就是说到梅花，玉兰。初是有个朋友说起初恋时玉兰刚开完，天气每天的暖，住在湖旁，每夜跑到湖边林子里走路，又静坐幽僻石上看隔岸灯火，感到好像仅有如此虔诚地孤对一片泓碧寒星远市，才能把心里情绪抓紧了，放在最可靠最纯净的一撮思想里，始不至亵渎了或是惊着那“寤寐思服”的人儿。那是极年轻的男子初恋的情景，——对象渺茫高远，反而近求“自我的”郁结深浅——他问起少女的情绪。

就在这里，忽记起梅花。一枝两枝，老枝细枝，横着，虬着，描着影子，喷着细香；太阳淡淡金色地铺在地板上：四壁琳琅，书架上的书和书签都像在发出言语；墙上小对联记不得是谁的集句；中条是东坡的诗。你敛住气，简直不敢喘息，踮起脚，细小的身形嵌在书房中间，看残照当窗，花影摇曳，你像失落了什么，有点迷惘。又像“怪东风着意相寻”，有点儿没主意！浪漫，极端的浪漫。“飞花满地谁为扫？”你问，情绪风似地吹动，卷过，停留在惜花上面。再回头看看，花依旧嫣然不语。“如此娉婷，谁人解看花意”，你更沉默，几乎热情地感到花的寂寞，开始怜花，把同情统统诗意地交给了花心！

这不是初恋，是未恋，正自觉“解看花意”的时代。情绪的不同，不止是男子和女子有分别，东方和西方也甚有差异。情绪即使根本相同，情绪的象征，情绪所寄托、所栖止的事物却常常不同。

水和星子同西方情绪的联系，早就成了习惯。一颗星子在蓝天里闪，一流冷涧倾泄一片幽愁的平静，便激起他们诗情的波涌，心里甜蜜地、热情地便唱着由那些鹅羽的笔锋散下来的“她的眼如同星子在暮天里闪”，或是“明丽如同单独的那颗星，照着晚来的天”，或“多少次了，在一流碧水旁边，忧愁倚下她低垂的脸”。

惜花，解花太东方，亲昵自然，含着人性的细致是东方传统的情绪。

此外年龄还有尺寸，一样是愁，却跃跃似喜，十六岁时的，微风零乱，不颓废，不空虚，踮着理想的脚充满希望，东方和西方却一样。人老了脉脉烟雨，愁吟或牢骚多折损诗的活泼。大家如香山，稼轩，东坡，放翁的白发华发，很少不梗在诗里，至少是令人不快。话说远了，刚说是惜花，东方老少都免不了这嗜好，这倒不论老的雪鬓曳杖，深闺里也就攒眉千度。

最叫人惜的花是海棠一类的“春红”，那样娇嫩明艳，开过了残红满地，太招惹同情和伤感。但在西方即使也有我们同样的花，也还缺乏我们的廊庑庭院。有了“庭院深深深几许”，才有一种庭院里特有的情绪。如果李易安的“斜风细雨”底下不是“重门须闭”也就不“萧条”得那样深沉可爱；李后主的“终日谁来”

也一样地别有寂寞滋味。看花更须庭院，深深锁在里面认识，不时还得有轩窗栏杆，给你一点凭藉，虽然也用不着十二栏杆倚遍，那么慵弱无聊。

当然旧诗里伤愁太多；一首诗竟像一张美的证券，可以照着市价去兑现！所以庭花，乱红，黄昏，寂寞太滥，诗常失却诚实。西洋诗，恋爱总站在前头，或是“忘掉”，或是“记起”，月是为爱，花也是为爱，只使全是真情，也未尝不太腻味。就以两边好的来讲，拿他们的月光同我们的月色比，似乎是月色滋味深长得多。花更不用说了；我们的花“不是预备采下缀成花球，或花冠献给恋人的”，却是一树一树绰约的，个性的，自己立在情人的地位上接受恋歌的。

所以未恋时的对象最自然的是花，不是因为花而起的感慨——十六岁时无所谓感慨——仅是刚说过的自觉解花的情绪，寄托在那清丽无语的上边，你心折它绝韵孤高，你为花动了感情，实说你同花恋爱，也未尝不可，——那惊讶狂喜也不减于初恋。还有那凝望，那沉思……

一根蛛丝！记忆也同一根蛛丝，搭在梅花上就由梅花枝上牵引出去，虽未织成密网，这诗意的前后，也就是相隔十几年的情绪的联络。

午后的阳光仍然斜照，庭院阒然，离离疏影，房里窗棂和梅花依然伴和成为图案，两根蛛丝在冬天还可以算为奇迹，你望着它看，真有点像银，也有点像玻璃，偏偏那么斜挂在梅花的枝梢上。

（原载一九三六年二月二日《大公报·文艺副刊》）

窗子以外（节选）

——林徽因

话从哪里说起？等到你要说话，什么话都是那样渺茫地找不到个源头。

此刻，就在我眼帘底下坐着的是四个乡下人的背影：一个头上包着黯黑的白布，两个褪色的蓝布，又一个光头。他们支起膝盖，半蹲半坐的，在溪沿的短墙上休息。每人手里一件简单的东西：一个是白木棒，一个篮子，那两个在树荫底下我看不清楚。

无疑地，他们已经走了许多路，再过一刻，抽完一筒旱烟以后，是还要走许多路的。兰花烟的香味频频随着微风，袭到我官觉上来，模糊中还有几段山西梆子的声调，虽然他们坐的地方是在我廊子的铁纱窗以外。

铁纱窗以外，话可不就在这里了。永远是窗子以外，不是铁纱窗就是玻璃窗，总而言之，窗子以外！

所有的活动的颜色、声音、生的滋味，全在那里的，你并不是不能看到，只不过是永远地在你窗子以外罢了。多少百里的平原土地，多少区域的起伏的山峦，昨天由窗子外映进你的眼帘，那是多少生命日夜在活动着的所在；每一根青的什么麦黍，都有人流过汗；每一粒黄的什么米粟，都有人吃去；其间还有的是周折，是热闹，是紧张！可是你则并不一定能看见，因为那所有的周折，热闹，紧张，全都在你窗子以外展演着。

在家里吧，你坐在书房里，窗子以外的景物本就有限。那里两树马缨，几棵丁香；榆叶梅横出疯杈的一大枝；海棠因为缺乏阳光，每年只开个两三朵——叶子上满是虫蚁吃的创痕，还卷着一点焦黄的边；廊子幽秀地开着扇子式；六边形的格子窗，透过外院的日光，外院的杂音。什么送煤的来了，偶然你看到一个两个被煤炭染成黟黑的脸；什么米送到了，一个人掮着一大口袋在背上，慢慢踱过屏门；还有自来水，电灯、电话公司来收账的，胸口斜挂着皮口袋，手里推着一辆自行车；更有时厨子来个朋友了，满脸的笑容，“好呀，好呀！”地走进门房；什么赵妈的丈夫来拿钱了，那是每月一号一点都不差的，早来了你就听到两个人唧唧哝哝争吵的声浪。那里不是没有颜色、声音、生的一切活动，只是他们和你总隔个窗子——扇子式的，六边形的，纱的，玻璃的！

…………

你诅咒着城市生活，不自然的城市生活！检点行装说，走了，走了，这沉闷没有生气的生活，实在受不了，我要换个样子过活去。健康的旅行既可以看看山水古刹的名胜，又可以知道点内地纯朴的人情风俗。走了，走了，天气还不算太坏，就是走他一个月六礼拜也是值得的。

没想到不管你走到哪里，你永远免不了坐在窗子以内的。不错，许多时髦的学者常常骄傲地带上“考察”的神气，架上科学的眼镜，偶然走到哪里一个陌生的地方瞭望，但那无形中的窗子是仍然存在的。不信，你检查他们的行李，有谁不带着罐头食品，帆布床，以及别的证明你还在你窗子以内的种种零星用品，你再摸一摸他们的皮包，那里短不了有些钞票；一到一个地方，你有的是一个提梁的小小世界。不管你的窗子朝向哪里望，所看到的多半则仍是在你窗子以外，隔层玻璃，或是铁纱！隐隐约约你看到一些颜色，听到一些声音，如果你私下满足了，那也没有什么，只是千万别高兴得说什么接触了，认识了若干事物人情，天知道那是罪过！

…………

《野草》题辞

——鲁迅

当我沉默着的时候，我觉得充实；我将开口，同时感到空虚。

过去的生命已经死亡。我对于这死亡有大欢喜，因为我借此知道它曾经存活。死亡的生命已经朽腐。我对于这朽腐有大欢喜，因为我借此知道它还非空虚。

生命的泥委弃在地面上，不生乔木，只生野草，这是我的罪过。

野草，根本不深，花叶不美，然而吸取露，吸取水，吸取陈死人的血和肉，各各夺取它的生存。当生存时，还是将遭践踏，将遭删刈，直至于死亡而朽腐。

但我坦然，欣然。我将大笑，我将歌唱。

我自爱我的野草，但我憎恶这以野草作装饰的地面。

地火在地下运行，奔突；熔岩一旦喷出，将烧尽一切野草，以及乔木，于是并且无可朽腐。

但我坦然，欣然。我将大笑，我将歌唱。

天地有如此静穆，我不能大笑而且歌唱。天地即不如此静穆，我或者也将不能。我以这一丛野草，在明与暗，生与死，过去与未来之际，献于友与仇，人与兽，爱者与不爱者之前作证。

为我自己，为友与仇，人与兽，爱者与不爱者，我希望这野草的朽腐，火速到来。要不然，我先就未曾生存，这实在比死亡与朽腐更其不幸。

去罢，野草，连着我的题辞！

从百草园到三味书屋

鲁迅

我家的后面有一个很大的园，相传叫作百草园。现在是早已并屋子一起卖给朱文公的子孙了，连那最末次的相见也已经隔了七八年，其中似乎确凿只有一些野草；但那时却是我的乐园。

不必说碧绿的菜畦，光滑的石井栏，高大的皂荚树，紫红的桑椹；也不必说鸣蝉在树叶里长吟，肥胖的黄蜂伏在菜花上，轻捷的叫天子（云雀）忽然从草间直窜向云霄里去了。单是周围的短短的泥墙根一带，就有无限趣味。油蛉在这里低唱，蟋蟀们在这里弹琴。翻开断砖来，有时会遇见蜈蚣；还有斑蝥，倘若用手指按住它的脊梁，便会拍的一声，从后窍喷出一阵烟雾。何首乌藤和木莲藤缠络着，木莲有莲房一般的果实，何首乌有拥肿的根。有人说，何首乌根是有像人形的，吃了便可以成仙，我于是常常拔它起来，牵连不断地拔起来，也曾因此弄坏了泥墙，却从来没有见过有一块根像人样。如果不怕刺，还可以摘到覆盆子，像小珊瑚珠攒成的小球，又酸又甜，色味都比桑椹要好得远。

长的草里是不去的，因为相传这园里有一条很大的赤练蛇。

长妈妈曾经讲给我一个故事听：先前，有一个读书人住在古庙里用功，晚间，在院子里纳凉的时候，突然听到有人在叫他。答应着，四面看时，却见一个美女的脸露在墙头上，向他一笑，隐去了。他很高兴；但竟给那走来夜谈的老和尚识破了机关。说他脸上有些妖气，一定遇见“美女蛇”了；这是人首蛇身的怪物，能唤人名，倘一答应，夜间便要来吃这人的肉的。他自然吓得要死，而那老和尚却道无妨，给他一个小盒子，说只要放在枕边，便可高枕而卧。他虽然照样办，却总是睡不着，——当然睡不着的。到半夜，果然来了，沙沙沙！门外像是风雨声。他正抖作一团时，却听得豁的一声，一道金光从枕边飞出，外面便什么声音也没有了，那金光也就飞回来，敛在盒子里。后来呢？后来，老和尚说，这是飞蜈蚣，它能吸蛇的脑髓，美女蛇就被它治死了。

结末的教训是：所以倘有陌生的声音叫你的名字，你万不可答应他。

这故事很使我觉得做人之险，夏夜乘凉，往往有些担心，不敢去看墙上，而且极想得到一盒老和尚那样的飞蜈蚣。走到百草园的草丛旁边时，也常常这样想。但直到现在，总还是没有得到，但也没有遇见过赤练蛇和美女蛇。叫我名字的陌生声音自然是常有的，然而都不是美女蛇。

冬天的百草园比较的无味；雪一下，可就两样了。拍雪人（将自己的全形印在雪上）和塑雪罗汉需要人们鉴赏，这是荒园，人迹罕至，所以不相宜，只好来捕鸟。薄薄的雪，是不行的；总须积雪盖了地面一两天，鸟雀们久已无处觅食的时候才好。扫开一块雪，露出地面，用一支短棒支起一面大的竹筛来，下面撒些秕谷，棒上系一条长绳，人远远地牵着，看鸟雀下来啄食，走到竹筛底下的时候，将绳子一拉，便罩住了。但所得的是麻雀居多，也有白颊的“张飞鸟”，性子很躁，养不过夜的。

这是闰土的父亲所传授的方法，我却不大能用。明明见它们进去了，拉了绳，跑去一看，却什么都没有，费了半天力，捉住的不过三四只。闰土的父亲是小半天便能捕获几十只，装在叉袋里叫着撞着的。我曾经问他得失的缘由，他只静静地笑道：你太性急，来不及等它走到中间去。

我不知道为什么家里的人要将我送进书塾里去了，而且还是全城中称为最严厉的书塾。也许是因为拔何首乌毁了泥墙罢，也许是因为将砖头抛到间壁的梁家去了罢，也许是因为站在石井栏上跳下来罢，……都无从知道。总而言之：我将不能常到百草园了。Ade，我的蟋蟀们！ Ade，我的覆盆子们和木莲们！……

出门向东，不上半里，走过一道石桥，便是我的先生的家了。从一扇黑油的竹门进去，第三间是书房。中间挂着一块扁道：三味书屋；扁下面是一幅画，画着一只很肥大的梅花鹿伏在古树下。没有孔子牌位，我们便对着那扁和鹿行礼。第一次算是拜孔子，第二次算是拜先生。

第二次行礼时，先生便和蔼地在一旁答礼。他是一个高而瘦的老人，须发都花白了，还戴着大眼镜。我对他很恭敬，因为我早听到，他是本城中极方正，质朴，博学的人。

不知从那里听来的，东方朔也很渊博，他认识一种虫，名曰“怪哉”，冤气所化，用酒一浇，就消释了。我很想详细地知道这故事，但阿长是不知道的，因为她毕竟不渊博。现在得到机会了，可以问先生。

“先生，‘怪哉’这虫，是怎么一回事？……”我上了生书，将要退下来的时候，赶忙问。

“不知道！”他似乎很不高兴，脸上还有怒色了。

我才知道做学生是不应该问这些事的，只要读书，因为他是渊博的宿儒，决不至于不知道，所谓不知道者，乃是不愿意说。年纪比我大的人，往往如此，我遇见过好几回了。

我就只读书，正午习字，晚上对课。先生最初这几天对我很严厉，后来却好起来了，不过给我读的书渐渐加多，对课也渐渐地加上字去，从三言到五言，终于到七言。

三味书屋后面也有一个园，虽然小，但在那里也可以爬上花坛去折蜡梅花，在地上或桂花树上寻蝉蜕。最好的工作是捉了苍蝇喂蚂蚁，静悄悄地没有声音。然而同窗们到园里的太多，太久，可就不行了，先生在书房里便大叫起来：

“人都到那里去了？！”

人们便一个一个陆续走回去；一同回去，也不行的。他有一条戒尺，但是不常用，也有罚跪的规矩，但也不常用，普通总不过瞪几眼，大声道：

“读书！”

于是大家放开喉咙读一阵书，真是人声鼎沸。有念“仁远乎哉我欲仁斯仁至矣”的，有念“笑人齿缺曰狗窦大开”的，有念“上九潜龙勿用”的，有念“厥土下上上错厥贡苞茅橘柚”的……。先生自己也念书。后来，我们的声音便低下去，静下去了，只有他还大声朗读着：

“铁如意，指挥倜傥，一座皆惊呢；金叵罗，颠倒淋漓噫，千杯未醉嗬……。”

我疑心这是极好的文章，因为读到这里，他总是微笑起来，而且将头仰起，摇着，向后面拗过去，拗过去。

先生读书入神的时候，于我们是很相宜的。有几个便用纸糊的盔甲套在指甲上做戏。我是画画儿，用一种叫作“荆川纸”的，蒙在小说的绣像上一个个描下来，像习字时候的影写一样。读的书多起来，画的画也多起来；书没有读成，画的成绩却不少了，最成片断的是《荡寇志》和《西游记》的绣像，都有一大本。后来，因为要钱用，卖给一个有钱的同窗了。他的父亲是开锡箔店的；听说现在自己已经做了店主，而且快要升到绅士的地位了。这东西早已没有了罢。

辑三

生命的寻路人

然而娜拉既然醒了，
是很不容易回到梦境的，
因此只得走；
可是走了以后，
有时却也免不掉堕落或回来。

——鲁迅

寻路的人

——周作人

我是寻路的人。我日日走着路寻路，终于还未知道这路的方向。

现在才知道了：在悲哀中挣扎着正是自然之路，这是与一切生物共同的路，不过我们意识着罢了。

路的终点是死，我们便挣扎着往那里去，也便是到那里以前不得不挣扎着。

我曾在西四牌楼看见一辆汽车载了一个强盗往天桥去处决，我心里想，这太残酷了，为什么不照例用敞车送的呢？为什么不使他缓缓的看沿路的景色，听人家的谈话，走过应走的路程，再到应到的地点，却一阵风的把他送走了呢？这真是太残酷了。

我们谁不坐在敞车上走着呢？有的以为是往天国去，正在歌笑；有的以为是下地狱去，正在悲哭；有的醉了，睡。我们——只想缓缓的走着，看沿路景色，听人家的谈论，尽量的享受这引起应得的苦和乐；至于路线如何，或是由西四牌楼往南，或是由东单牌楼往北，那有什么关系？

玉诺是于悲哀深有阅历的，这一回他的村寨被土匪攻破，只有他的父亲在外边，此外人都还没有消息。他说，他现在没有泪了。——你也已经寻到了你的路了吧。

他的似乎微笑的脸，最令我记忆，这真是永远的旅人的颜色。我们应当是最大的乐天家，因为再没有什么悲观和失望了。

一九二三年七月三十日。

差不多先生传

胡适

你知道中国最有名的人是谁？

提起此人，人人皆晓，处处闻名。他姓差，名不多，是各省各县各村人氏。你一定见过他，一定听过别人谈起他。差不多先生的名字天天挂在大家的口头，因为他是中国全国人的代表。

差不多先生的相貌和你和我都差不多。他有一双眼睛，但看的不很清楚；有两只耳朵，但听的不很分明；有鼻子和嘴，但他对于气味和口味都不很讲究。他的脑子也不小，但他的记性却不很精明，他的思想也不很细密。

他常常说：“凡事只要差不多，就好了。何必太精明呢？”

他小的时候，他妈叫他去买红糖，他买了白糖回来。他妈骂他，他摇摇头说：“红糖白糖不是差不多吗？”

他在学堂的时候，先生问他：“直隶省的西边是哪一省？”他说是陕西。先生说：“错了。是山西，不是陕西。”他说：“陕西同山西，不是差不多吗？”

后来他在一个钱铺里做伙计；他也会写，也会算，只是总不会精细。十字常常写成千字，千字常常写成十字。掌柜的生气了，常常骂他。他只是笑嘻嘻地赔小心道：“千字比十字只多一小撇，不是差不多吗？”

有一天，他为了一件要紧的事，要搭火车到上海去。他从从容容地走到火车站，迟了两分钟，火车已开走了。他白瞪着眼，望着远远的火车上的煤烟，摇摇头道：“只好明天再走了。今天走同明天走，也还差不多。可是火车公司未免太认真了。八点三十分开，同八点三十二分开，不是差不多吗？”他一面说，一面慢慢地走回家，心里总不明白为什么火车不肯等他两分钟。

有一天，他忽然得了急病，赶快叫家人去请东街的汪先生。那家人急急忙忙地跑去，一时寻不着东街的汪大夫，却把西街牛医王大夫请来了。差不多先生病在床上，知道寻错了人；但病急了，身上痛苦，心里焦急，等不得了，心里想道："好在王大夫同汪大夫也差不多，让他试试看吧。"于是这位牛医王大夫走近床前，用医牛的法子给差不多先生治病。不上一点钟，差不多先生就一命呜呼了。

差不多先生差不多要死的时候，一口气断断续续地说道："活人同死人也差……差……差不多，……凡事只要……差……差……不多……就……好了，……何……何……必……太……太认真呢？"他说完了这句格言，方才绝气了。

他死后，大家都很称赞差不多先生样样事情看得破，想得通；大家都说他一生不肯认真，不肯算账，不肯计较，真是一位有德行的人。于是大家给他取个死后的法号，叫他做圆通大师。

他的名誉越传越远，越久越大。无数无数的人都学他的榜样。于是人人都成了一个差不多先生。——然而中国从此就成了一个懒人国了。

（1924年6月28日《申报》）

哲学与人生

——胡适

前次承贵会邀我演讲关于佛学的问题，我因为对于佛学没有充分的研究，拿浅薄的学识来演讲这一类的问题，未免不配；所以现在讲“哲学与人生”，希望对于佛学也许可以贡献点参考。不过我所讲的有许多地方和佛家意见不合，佛学会的诸君态度很公开，大约能够容纳我的意见的！讲到“哲学与人生”，我们必先研究他的定义：什么叫哲学？什么叫人生？然后才知道他们的关系。

我们先说人生。这六月来，国内思想界，不是有玄学与科学的笔战么？国内思想界的老将吴稚晖先生，就在《太平洋杂志》上发表一篇《一个新信仰的宇宙观及人生观》。其中下了一个人生定义。他说："人是哺乳动物中的有二手二足用脑的动物。"人生即是这种动物所演的戏剧，这种动物在演时，就有人生；停演时就没人生。所谓人生观，就是演时对于所演之态度，譬如：有的喜唱花面，有的喜唱老生，有的喜唱小生，有的喜摇旗呐喊；凡此种种两脚两手在演戏的态度，就是人生观。不过单是登台演剧，红进绿出，有何意义？想到这层，就发生哲学问题。哲学的定义，我们常在各种哲学书籍上见到；不过我们尚有再找一个定义的必要。我在《中国哲学史大纲》上卷上所下的哲学的定义说："哲学是研究人生切要的问题，从根本上着想，去找根本的解决。"但是根本两字意义欠明，现在略加修改，重新下了一个定义说："哲学是研究人生切要的问题，从意义上着想，去找一个比较可普遍适用的意义。"现在举两个例来说明他：要晓得哲学的起点是由于人生切要的问题，哲学的结果，是对于人生的适用。人生离了哲学，是无意义的人生；哲学离了人生，是想入非非的哲学。

现在哲学家多凭空臆说，离得人生问题太远，真是上穷碧落，愈闹愈糟！

现在且说第一个例：二千五百年前在喜马拉亚山南部有一个小国——迦叶——里，街上倒卧着一个病势垂危的老丐，当时有一个王太子经过，在别人看到，将这老丐赶开，或是毫不经意的走过去了；但是那王太子是赋有哲学的天才的人，他就想人为什么逃不出老、病、死，这三个大关头，因此他就弃了他的太子爵位、妻孥、便嬖、皇宫、财货，遁迹入山，去静想人生的意义。后来忽然在树下想到一个解决；就是将人生一切问题拿主观去看，假定一切都是空的，那末，老、病、死，就不成问题了。这种哲学的合理与否，姑不具论，但是那太子的确是研究人生切要的问题，从意义上着想去找他以为比较普遍适用的意义。

我们再举一个例：譬如我们睡到夜半醒来，听见贼来偷东西，我那就将他捉住，送县究办。假如我们没有哲性，就这么了事，再想不到“人为什么要作贼”等等的问题；或者那贼竟苦苦哀求起来，说他所以做贼的原故，因为母老，妻病，子女待哺，无处谋生，迫于不得已而为之，假如没哲性的人，对于这种吁求，也不见有甚良心上的反动。至于富于哲性的人就要问了，为什么不得已而为之？天下不得已而为之的事有多少？为什么社会没得给他做工？为什么子女这样多？为什么老病死？这种偷窃的行为，是由于社会的驱策，还是由于个人的堕落？为什么不给穷人偷？为什么他没有我有？他没有我有是否应该？拿这种问题，逐一推思下去，就成为哲学。由此看来，哲学是由小事放大，从意义着想而得来的，并非空说高谈能够了解的。推论到宗教哲学、政治哲学、社会哲学等，也无非多从活的人生问题推衍阐明出来的。

我们既晓得什么叫人生，什么叫哲学，而且略会看到两者的关系，现在再去看意义在人生上占的什么地位？现在一般的人饱食终日，无所用心。思想差不多是社会的奢侈品。他们看人生种种事实，和乡下人到城里未看见五光十色的电灯一样。只看到事实的表面，而不了解事实的意义。因为不能了解意义的原故，所以连事实也不能了解了。这样说来，人生对于意义，极有需要，不知道意义，人生是不能了解的。宋朝朱子这班人，终日对物格物，终于找不到着落，就是不从意义上着想的原故。又如平常人看见病人种种病象，他单看见那些事实而不知道那些事实的意义，所以莫名其妙。至于这些病象一到医生眼里，就能对症下药；因为医生不单看病象，还要晓得病象的意义的原故。因此，了解人生不单靠事实，还要知道意义！

那末，意义又从何来呢？有人说：意义有两种来源：一种是从积累得来，是愚人取得意义的方法；一种是由直觉得来，是大智取得意义的方法。积累的方法，是走笨路；用直觉的方法是走捷径。据我看来，欲求意义唯一的方法，只有走笨路，就是日积日累的去做刻苦的工夫，直觉不过是熟能生巧的结果，所以直觉是积累最后的境界，而不是豁然贯通的。大发明家爱迪生有一次演说，他说，天才百分之九十九是汗，百分之一是神，可见得天才是下了番苦功才能得来，不出汗决不会出神的。所以有人应付环境觉得难，有人觉得易，就是日积日累的意义多寡而已。哲学家并不是什么，只是对于人生所得的意义多点罢了。

欲得人生的意义，自然要研究哲学史，去参考已往的死的哲理。不过还有比较更要的，是注意现在的活的人生问题，这就是做人应有的态度。现在我举两个可模范的大哲学家来做我的结论，这两大哲学家一个是古代的苏格拉底，一个是现代的笛卡尔。

苏格拉底是希腊的穷人，他觉得人生醉生梦死，毫无意义，因此到公共市场，见人就盘问，想借此得到人生的解决。有一次，他碰到一个人去打官司，他就问他，为什么要打官司？那人答道，为公理。他复问道，什么叫公理？那人便瞠目结舌不能作答。苏氏笑道：我知道我不知你，却不知道你不知呵！后来又有一个人告他的父亲不信国教，他又去盘问，那人又被问住了。因此希腊人多恨他，告他两大罪，说他不信国教，带坏少年，政府就判他的死刑。他走出来的时候，对告他的人说："未经考察过的生活，是不值得活的。你们走你们的路，我走我的路罢！"后来他就从容就刑，为找寻人生的意义而牺牲他的生命！

笛卡尔旅行的结果，觉到在此国以为神圣的事，在他国却视为下贱；在此国以为大逆不道的事，在别国却奉为天经地义，因此他觉悟到贵贱善恶是因时因地而不同的。他以为从前积下来的许多观念知识是不可靠的，因为他们多是乘他思想幼稚的时候侵入来的。如若欲过理性生活，必得将从前积得的知识，一件一件用怀疑的态度去评估他们的价值，重新建设一个理性的是非。这怀疑的态度，就是他对于人生与哲学的贡献。

现在诸君研究佛学，也应当用怀疑的态度去找出他的意义，是否真正比较得普遍适用？诸君不要怕，真有价值的东西，决不为怀疑所毁；而能被怀疑所毁的东西，决不会真有价值。我希望诸君实行笛卡尔的怀疑态度，牢记苏格拉底所说的"未经考察过的生活，是不值得活的”这句话。那末，诸君对于明阐哲学，了解人生，不觉其难了。

（本文为1923年11月胡适在上海商科大学佛学研究会的演讲，原载1923年12月10日《东方杂志》第20卷第23期）

灯下漫笔

——鲁迅

一

有一时，就是民国二三年时候，北京的几个国家银行的钞票，信用日见其好了，真所谓蒸蒸日上。听说连一向执迷于现银的乡下人，也知道这既便当，又可靠，很乐意收受，行使了。至于稍明事理的人，则不必是“特殊知识阶级”，也早不将沉重累赘的银元装在怀中，来自讨无谓的苦吃。想来，除了多少对于银子有特别嗜好和爱情的人物之外，所有的怕大都是钞票了罢，而且多是本国的。但可惜后来忽然受了一个不小的打击。

就是袁世凯想做皇帝的那一年，蔡松坡先生溜出北京，到云南去起义。这边所受的影响之一，是中国和交通银行的停止兑现。虽然停止兑现，政府勒令商民照旧行用的威力却还有的；商民也自有商民的老本领，不说不要，却道找不出零钱。假如拿几十几百的钞票去买东西，我不知道怎样，但倘使只要买一枝笔，一盒烟卷呢，难道就付给一元钞票么？不但不甘心，也没有这许多票。那么，换铜元，少换几个罢，又都说没有铜元。那么，到亲戚朋友那里借现钱去罢，怎么会有？于是降格以求，不讲爱国了，要外国银行的钞票。但外国银行的钞票这时就等于现银，他如果借给你这钞票，也就借给你真的银元了。

我还记得那时我怀中还有三四十元的中交票，可是忽而变了一个穷人，几乎要绝食，很有些恐慌。俄国革命以后的藏着纸卢布的富翁的心情，恐怕也就这样的罢；至多，不过更深更大罢了。我只得探听，钞票可能折价换到现银呢？说是没有行市。幸而终于，暗暗地有了行市了：六折几。我非常高兴，赶紧去卖了一半。

后来又涨到七折了，我更非常高兴，全去换了现银，沉垫垫地坠在怀中，似乎这就是我的性命的斤两。倘在平时，钱铺子如果少给我一个铜元，我是决不答应的。

但我当一包现银塞在怀中，沉垫垫地觉得安心，喜欢的时候，却突然起了另一思想，就是：我们极容易变成奴隶，而且变了之后，还万分喜欢。

假如有一种暴力，“将人不当人”，不但不当人，还不及牛马，不算什么东西；待到人们羡慕牛马，发生“乱离人，不及太平犬”的叹息的时候，然后给与他略等于牛马的价格，有如元朝定律，打死别人的奴隶，赔一头牛，则人们便要心悦诚服，恭颂太平的盛世。为什么呢？因为他虽不算人，究竟已等于牛马了。

我们不必恭读《钦定二十四史》，或者入研究室，审察精神文明的高超。只要一翻孩子所读的《鉴略》，——还嫌繁重，则看《历代纪元编》，就知道“三千余年古国古”的中华，历来所闹的就不过是这一个小玩艺。但在新近编纂的所谓“历史教科书”一流东西里，却不大看得明白了，只仿佛说：咱们向来就很好的。

但实际上，中国人向来就没有争到过“人”的价格，至多不过是奴隶，到现在还如此，然而下于奴隶的时候，却是数见不鲜的。

中国的百姓是中立的，战时连自己也不知道属于一那面，但又属于无论那一面。强盗来了，就属于官，当然该被杀掠；官兵既到，该是自家人了罢，但仍然要被杀掠，仿佛又属于强盗似的。这时候，百姓就希望有一个一定的主子，拿他们去做百姓，——不敢，是拿他们去做牛马，情愿自己寻草吃，只求他决定他们怎样跑。

假使真有谁能够替他们决定，定下什么奴隶规则来，自然就“皇恩浩荡”了。可惜的是往往暂时没有谁能定。举其大者，则如五胡十六国的时候，黄巢的时候，五代时候，宋末元末时候，除了老例的服役纳粮以外，都还要受意外的灾殃。张献忠的脾气更古怪了，不服役纳粮的要杀，服役纳粮的也要杀，敌他的要杀，降他的也要杀：将奴隶规则毁得粉碎。这时候，百姓就希望来一个另外的主子，较为顾及他们的奴隶规则的，无论仍旧，或者新颁，总之是有一种规则，使他们可上奴隶的轨道。

“时日曷丧，予及汝偕亡！”愤言而已，决心实行的不多见。实际上大概是群盗如麻，纷乱至极之后，就有一个较强，或较聪明，或较狡滑，或是外族的人物出来，较有秩序地收拾了天下。厘定规则：怎样服役，怎样纳粮，怎样磕头，怎样颂圣。而且这规则是不像现在那样朝三暮四的。于是便“万姓胪欢”了；用成语来说，就叫作“天下太平”。

任凭你爱排场的学者们怎样铺张，修史时候设些什么“汉族发祥时代”“汉族发达时代”“汉族中兴时代”的好题目，好意诚然是可感的，但措辞太绕湾子了。有更其直捷了当的说法在这里——

一，想做奴隶而不得的时代；

二，暂时做稳了奴隶的时代。

这一种循环，也就是“先儒”之所谓“一治一乱”；那些作乱人物，从后日的“臣民”看来，是给“主子”清道辟路的，所以说：“为圣天子驱除云尔。”

现在入了那一时代，我也不了然。但看国学家的崇奉国粹，文学家的赞叹固有文明，道学家的热心复古，可见于现状都已不满了。然而我们究竟正向着那一条路走呢？百姓是一遇到莫名其妙的战争，稍富的迁进租界，妇孺则避入教堂里去了，因为那些地方都比较的“稳”，暂不至于想做奴隶而不得。总而言之，复古的，避难的，无智愚贤不肖，似乎都已神往于三百年前的太平盛世，就是“暂时做稳了奴隶的时代”了。

但我们也就都像古人一样，永久满足于“古已有之”的时代么？都像复古家一样，不满于现在，就神往于三百年前的太平盛世么？

自然，也不满于现在的，但是，无须反顾，因为前面还有道路在。而创造这中国历史上未曾有过的第三样时代，则是现在的青年的使命！

二

但是赞颂中国固有文明的人们多起来了，加之以外国人。我常常想，凡有来到中国的，倘能疾首蹙额而憎恶中国，我敢诚意地捧献我的感谢，因为他一定是不愿意吃中国人的肉的！

鹤见祐辅氏在《北京的魅力》中，记一个白人将到中国，预定的暂住时候是一年，但五年之后，还在北京，而且不想回去了。有一天，他们两人一同吃晚饭——

> “在圆的桃花心木的食桌前坐定，川流不息地献着山海的珍味，谈话就从古董，画，政治这些开头。

电灯上罩着支那式的灯罩，淡淡的光洋溢于古物罗列的屋子中。什么无产阶级呀，Proletariat 呀那些事，就像不过在什么地方刮风。

“我一面陶醉在支那生活的空气中，一面深思着对于外人有着‘魅力’的这东西。元人也曾征服支那，而被征服于汉人种的生活美了；满人也征伐支那，而被征服于汉人种的生活美了。现在西洋人也一样，嘴里虽然说着 Democracy 呀，什么什么呀，而却被魅于支那人费六千年而建筑起来的生活的美。一经住过北京，就忘不掉那生活的味道。大风时候的万丈的沙尘，每三月一回的督军们的开战游戏，都不能抹去这支那生活的魅力。”

这些话我现在还无力否认他。我们的古圣先贤既给与我们保古守旧的格言，但同时也排好了用子女玉帛所做的奉献于征服者的大宴。中国人的耐劳，中国人的多子，都就是办酒的材料，到现在还为我们的爱国者所自诩的。西洋人初入中国时，被称为蛮夷，自不免个个蹙额，但是，现在则时机已至，到了我们将曾经献于北魏，献于金，献于元，献于清的盛宴，来献给他们的时候了。出则汽车，行则保护：虽遇清道，然而通行自由的；虽或被劫，然而必得赔偿的；孙美瑶掳去他们站在军前，还使官兵不敢开火。何况在华屋中享用盛宴呢？待到享受盛宴的时候，自然也就是赞颂中国固有文明的时候；但是我们的有些乐观的爱国者，也许反而欣然色喜，以为他们将要开始被中国同化了罢。古人曾以女人作苟安的城堡，美其名以自欺曰“和亲”，今人还用子女玉帛为作奴的贽敬，又美其名曰“同化”。所以倘有外国的谁，到了已有赴宴的资格的现在，而还替我们诅咒中国的现状者，这才是真有良心的真可佩服的人！

但我们自己是早已布置妥帖了，有贵贱，有大小，有上下。自己被人凌虐，但也可以凌虐别人；自己被人吃，但也可以吃别人。一级一级的制驭着，不能动弹，也不想动弹了。因为倘一动弹，虽或有利，然而也有弊。我们且看古人的良法美意罢——

“天有十日，人有十等。下所以事上，上所以共神也。故王臣公，公臣大夫，大夫臣士，士臣皁，皁臣舆，舆臣隶，隶臣僚，僚臣仆，仆臣台。”(《左传》

昭公七年）

但是“台”没有臣，不是太苦了么？无须担心的，有比他更卑的妻，更弱的子在。而且其子也很有希望，他日长大，升而为“台”，便又有更卑更弱的妻子，供他驱使了。如此连环，各得其所，有敢非议者，其罪名曰不安分！

虽然那是古事，昭公七年离现在也太辽远了，但“复古家”尽可不必悲观的。太平的景象还在：常有兵燹，常有水旱，可有谁听到大叫唤么？打的打，革的革，可有处士来横议么？对国民如何专横，向外人如何柔媚，不犹是差等的遗风么？中国固有的精神文明，其实并未为共和二字所埋没，只有满人已经退席，和先前稍不同。

因此我们在目前，还可以亲见各式各样的筵宴，有烧烤，有翅席，有便饭，有西餐。但茅檐下也有淡饭，路傍也有残羹，野上也有饿莩；有吃烧烤的身价不资的阔人，也有饿得垂死的每斤八文的孩子（见《现代评论》二十一期）。所谓中国的文明者，其实不过是安排给阔人享用的人肉的筵宴。所谓中国者，其实不过是安排这人肉的筵宴的厨房。不知道而赞颂者是可恕的，否则，此辈当得永远的诅咒！

外国人中，不知道而赞颂者，是可恕的；占了高位，养尊处优，因此受了蛊惑，昧却灵性而赞叹者，也还可恕的。可是还有两种，其一是以中国人为劣种，只配悉照原来模样，因而故意称赞中国的旧物。其一是愿世间人各不相同以增自己旅行的兴趣，到中国看辫子，到日本看木屐，到高丽看笠子，倘若服饰一样，便索然无味了，因而来反对亚洲的欧化。这些都可憎恶。至于罗素在西湖见轿夫含笑，便赞美中国人，则也许别有意思罢。但是，轿夫如果能对坐轿的人不含笑，中国也早不是现在似的中国了。

这文明，不但使外国人陶醉，也早使中国一切人们无不陶醉而且至于含笑。因为古代传来而至今还在的许多差别，使人们各各分离，遂不能再感到别人的痛苦；并且因为自己各有奴使别人，吃掉别人的希望，便也就忘却自己同有被奴使被吃掉的将来。于是大小无数的人肉的筵宴，即从有文明以来一直排到现在，人们就在这会场中吃人，被吃，以凶人的愚妄的欢呼，将悲惨的弱者的呼号遮掩，更不消说女人和小儿。

这人肉的筵宴现在还排着，有许多人还想一直排下去。扫荡这些食人者，掀掉这筵席，毁坏这厨房，则是现在的青年的使命！

（本篇最初分两次发表于一九二五年五月一日、二十二日《莽原》周刊第二期和第五期。）

父亲的病

——鲁迅

大约十多年前罢，S 城中曾经盛传过一个名医的故事：

他出诊原来是一元四角，特拔十元，深夜加倍，出城又加倍。有一夜，一家城外人家的闺女生急病，来请他了，因为他其时已经阔得不耐烦，便非一百元不去。他们只得都依他。待去时，却只是草草地一看，说道“不要紧的”，开一张方，拿了一百元就走。那病家似乎很有钱，第二天又来请了。他一到门，只见主人笑面承迎，道，“昨晚服了先生的药，好得多了，所以再请你来复诊一回。”仍旧引到房里，老妈子便将病人的手拉出帐外来。他一按，冷冰冰的，也没有脉，于是点点头道，“唔，这病我明白了。”从从容容走到桌前，取了药方纸，提笔写道：

“凭票付英洋壹百元正。”下面是署名，画押。

“先生，这病看来很不轻了，用药怕还得重一点罢。”主人在背后说。

“可以，”他说。于是另开了一张方：

“凭票付英洋贰百元正。”下面仍是署名，画押。

这样，主人就收了药方，很客气地送他出来了。

我曾经和这名医周旋过两整年，因为他隔日一回，来诊我的父亲的病。那时虽然已经很有名，但还不至于阔得这样不耐烦；可是诊金却已经是一元四角。现在的都市上，诊金一次十元并不算奇，可是那时是一元四角已是巨款，很不容易张罗的了；又何况是隔日一次。他大概的确有些特别，据舆论说，用药就与众不同。我不知道药品，所觉得的，就是“药引”的难得，新方一换，就得忙一大场。先买药，再寻药引。“生姜”两片，竹叶十片去尖，他是不用的了。起码是芦根，须到河边去掘；一到经霜三年的甘蔗，便至少也得搜寻两三天。可是说也奇怪，大约后来总没有购求不到的。

据舆论说，神妙就在这地方。先前有一个病人，百药无效；待到遇见了什么叶天士先生，只在旧方上加了一味药引：梧桐叶。只一服，便霍然而愈了。“医者，意也。”其时是秋天，而梧桐先知秋气。其先百药不投，今以秋气动之，以气感气，所以……。我虽然并不了然，但也十分佩服，知道凡有灵药，一定是很不容易得到的，求仙的人，甚至于还要拼了性命，跑进深山里去采呢。

这样有两年，渐渐地熟识，几乎是朋友了。父亲的水肿是逐日利害，将要不能起床；我对于经霜三年的甘蔗之流也逐渐失了信仰，采办药引似乎再没有先前一般踊跃了。正在这时候，他有一天来诊，问过病状，便极其诚恳地说：

“我所有的学问，都用尽了。这里还有一位陈莲河先生，本领比我高。我荐他来看一看，我可以写一封信。可是，病是不要紧的，不过经他的手，可以格外好得快……。”

这一天似乎大家都有些不欢，仍然由我恭敬地送他上轿。进来时，看见父亲的脸色很异样，和大家谈论，大意是说自己的病大概没有希望的了；他因为看了两年，毫无效验，脸又太熟了，未免有些难以为情，所以等到危急时候，便荐一个生手自代，和自己完全脱了干系。但另外有什么法子呢？本城的名医，除他之外，实在也只有一个陈莲河了。明天就请陈莲河。

陈莲河的诊金也是一元四角。但前回的名医的脸是圆而胖的，他却长而胖了：这一点颇不同。还有用药也不同。前回的名医是一个人还可以办的，这一回却是一个人有些办不妥帖了，因为他一张药方上，总兼有一种特别的丸散和一种奇特的药引。

芦根和经霜三年的甘蔗，他就从来没有用过。最平常的是“蟋蟀一对”，旁注小字道：“要原配，即本在一窠中者。”似乎昆虫也要贞节，续弦或再醮，连做药资格也丧失了。但这差使在我并不为难，走进百草园，十对也容易得，将它们用线一缚，活活地掷入沸汤中完事。然而还有“平地木十株”呢，这可谁也不知道是什么东西了，问药店，问乡下人，问卖草药的，问老年人，问读书人，问木匠，都只是摇摇头，临末才记起了那远房的叔祖，爱种一点花木的老人，跑去一问，他果然知道，是生在山中树下的一种小树，能结红子如小珊瑚珠的，普通都称为“老弗大”。

“踏破铁鞋无觅处，得来全不费功夫。”药引寻到了，然而还有一种特别的丸药：败鼓皮丸。这“败鼓皮丸”就是用打破的旧鼓皮做成；水肿一名鼓胀，一用打破的鼓皮自然就可以克伏他。清朝的刚毅因为憎恨“洋鬼子”，预备打他们，练了些兵称作“虎神营”，取虎能食羊，神能伏鬼的意思，也就是这道理。可惜这一种神药，全城中只有一家出售的，离我家就有五里，但这却不像平地木那样，必须暗中摸索了，陈莲河先生开方之后，就恳切详细地给我们说明。

“我有一种丹，”有一回陈莲河先生说，“点在舌上，我想一定可以见效。因为舌乃心之灵苗……。价钱也并不贵，只要两块钱一盒……。”

我父亲沉思了一会，摇摇头。

“我这样用药还会不大见效，”有一回陈莲河先生又说，“我想，可以请人看一看，可有什么冤愆……。医能医病，不能医命，对不对？自然，这也许是前世的事……。”

我的父亲沉思了一会，摇摇头。

凡国手，都能够起死回生的，我们走过医生的门前，常可以看见这样的扁额。现在是让步一点了，连医生自己也说道：“西医长于外科，中医长于内科。”但是S城那时不但没有西医，并且谁也还没有想到天下有所谓西医，因此无论什么，都只能由轩辕岐伯的嫡派门徒包办。轩辕时候是巫医不分的，所以直到现在，他的门徒就还见鬼，而且觉得“舌乃心之灵苗”。这就是中国人的“命”，连名医也无从医治的。

不肯用灵丹点在舌头上，又想不出“冤愆”来，自然，单吃了一百多天的“败鼓皮丸”有什么用呢？依然打不破水肿，父亲终于躺在床上喘气了。还请一回陈莲河先生，这回是特拔，大洋十元。他仍旧泰然的开了一张方，但已停止败鼓皮丸不用，药引也不很神妙了，所以只消半天，药就煎好，灌下去，却从口角上回了出来。

从此我便不再和陈莲河先生周旋，只在街上有时看见他坐在三名轿夫的快轿里飞一般抬过；听说他现在还康健，一面行医，一面还做中医什么学报，正在和只长于外科的西医奋斗哩。

中西的思想确乎有一点不同。听说中国的孝子们，一到将要“罪孽深重祸延父母”的时候，就买几斤人参，煎汤灌下去，希望父母多喘几天气，即使半天也好。我的一位教医学的先生却教给我医生的职务道：可医的应该给他医治，不可医的应该给他死得没有痛苦。——但这先生自然是西医。

父亲的喘气颇长久，连我也听得很吃力，然而谁也不能帮助他。我有时竟至于电光一闪似的想道："还是快一点喘完了罢……。"立刻觉得这思想就不该，就是犯了罪；但同时又觉得这思想实在是正当的，我很爱我的父亲。便是现在，也还是这样想。

早晨，住在一门里的衍太太进来了。她是一个精通礼节的妇人，说我们不应该空等着。于是给他换衣服；又将纸锭和一种什么《高王经》烧成灰，用纸包了给他捏在拳头里……。

"叫呀，你父亲要断气了。快叫呀！"衍太太说。

"父亲！父亲！"我就叫起来。

"大声！他听不见。还不快叫？！"

"父亲！！！父亲！！！"

他已经平静下去的脸，忽然紧张了，将眼微微一睁，仿佛有一些苦痛。

"叫呀！快叫呀！"她催促说。

"父亲！！！"

"什么呢？……不要嚷。……不……。"他低低地说，又较急地喘着气，好一会，这才复了原状，平静下去了。

"父亲！！！"我还叫他，一直到他咽了气。

我现在还听到那时的自己的这声音，每听到时，就觉得这却是我对于父亲的最大的错处。

（最初发表于1926年11月10日《莽原》半月刊第一卷第二十一期。）

娜拉走后怎样

鲁迅

我今天要讲的是“娜（nuó）拉走后怎样？”

伊孛生是十九世纪后半的瑙威（即挪威）的一个文人。他的著作，除了几十首诗之外，其余都是剧本。这些剧本里面，有一时期是大抵含有社会问题的，世间也称作“社会剧”，其中有一篇就是《娜拉》。

《娜拉》一名 Ein Puppenheim，中国译作《傀儡家庭》（即

《玩偶之家》）。但 Puppe 不单是牵线的傀儡，孩子抱着玩的人形也是；引申开去，别人怎么指挥，他便怎么做的人也是。娜拉当初是满足地生活在所谓幸福的家庭里的，但是她竟觉悟了：自己是丈夫的傀儡，孩子们又是她的傀儡。她于是走了，只听得关门声，接着就是闭幕。这想来大家都知道，不必细说了。

娜拉要怎样才不走呢？或者说伊孛生自己有解答，就是 Die Frau vom Meer，《海的女人》，中国有人译作《海上夫人》的。这女人是已经结婚的了，然而先前有一个爱人在海的彼岸，一日突然寻来，叫她一同去。她便告知她的丈夫，要和那外来人会面。临末，她的丈夫说，“现在放你完全自由。你能够自己选择，并且还要自己负责任。”于是什么事全都改变，她就不走了。这样看来，娜拉倘也得到这样的自由，或者也便可以安住。

但娜拉毕竟是走了的。走了以后怎样？伊孛生并无解答；而且他已经死了。即使不死，他也不负解答的责任。因为伊孛生是在做诗，不是为社会提出问题来而且代为解答。就如黄莺一样，因为他自己要歌唱，所以他歌唱，不是要唱给人们听得有趣，有益。伊孛生是很不通世故的，相传在许多妇女们一同招待他的筵宴上，代表者起来致谢他作了《傀儡家庭》，将女性的自觉，解放这些事，给人心以新的启示的时候，他却答道，“我写那篇却并不是这意思，我不过是做诗。”

娜拉走后怎样？——别人可是也发表过意见的。一个英国人曾作一篇戏剧，说一个新式的女子走出家庭，再也没有路走，终于堕落，进了妓院了。还有一个中国人，——我称他什么呢？上海的文学家罢，——说他所见的《娜拉》是和现译本不同，娜拉终于回来了。这样的本子可惜没有第二人看见，除非是伊孛生自己寄给他的。但从事理上推想起来，娜拉或者也实在只有两条路：不是堕落，就是回来。因为如果是一匹小鸟，则笼子里固然不自由，而一出笼门，外面便又有鹰，有猫，以及别的什么东西之类；倘使已经关得麻痹了翅子，忘却了飞翔，也诚然是无路可以走。还有一条，就是饿死了，但饿死已经离开了生活，更无所谓问题，所以也不是什么路。

人生最苦痛的是梦醒了无路可以走。做梦的人是幸福的；倘没有看出可走的路，最要紧的是不要去惊醒他。你看，唐朝的诗人李贺，不是困顿了一世的么？而他临死的时候，却对他的母亲说，“阿妈，上帝造成了白玉楼，叫我做文章落成去了。”这岂非明明是一个诳（kuáng），一个梦？然而一个小的和一个老的，一个死的和一个活的，死的高兴地死去，活的放心地活着。说诳和做梦，在这些时候便见得伟大。所以我想，假使寻不出路，我们所要的倒是梦。

但是，万不可做将来的梦。阿尔志跋绥夫曾经借了他所做的小说，质问过梦想将来的黄金世界的理想家，因为要造那世界，先唤起许多人们来受苦。他说，“你们将黄金世界预约给他们的子孙了，可是有什么给他们自己呢？”有是有的，就是将来的希望。但代价也太大了，为了这希望，要使人练敏了感觉来更深切地感到自己的苦痛，叫起灵魂来目睹他自己的腐烂的尸骸。惟有说诳和做梦，这些时候便见得伟大。所以我想，假使寻不出路，我们所要的就是梦；但不要将来的梦，只要目前的梦。

然而娜拉既然醒了，是很不容易回到梦境的，因此只得走；可是走了以后，有时却也免不掉堕落或回来。否则，就得问：她除了觉醒的心以外，还带了什么去？倘只有一条像诸君一样的紫红的绒绳的围巾，那可是无论宽到二尺或三尺，也完全是不中用。她还须更富有，提包里有准备，直白地说，就是要有钱。

梦是好的；否则，钱是要紧的。

钱这个字很难听，或者要被高尚的君子们所非笑，但我总觉得人们的议论是不但昨天和今天，即使饭前和饭后，也往往有些差别。凡承认饭需钱买，而以说钱为卑鄙者，倘能按一按他的胃，那里面怕总还有鱼肉没有消化完，须得饿他一天之后，再来听他发议论。

所以为娜拉计，钱，——高雅的说罢，就是经济，是最要紧的了。自由固不是钱所能买到的，但能够为钱而卖掉。人类有一个大缺点，就是常常要饥饿。为补救这缺点起见，为准备不做傀儡起见，在目下的社会里，经济权就见得最要紧了。第一，在家应该先获得男女平均的分配；第二，在社会应该获得男女相等的势力。可惜我不知道这权柄如何取得，单知道仍然要战斗；或者也许比要求参政权更要用剧烈的战斗。

要求经济权固然是很平凡的事，然而也许比要求高尚的参政权以及博大的女子解放之类更烦难。天下事尽有小作为比大作为更烦难的。譬如现在似的冬天，我们只有这一件棉袄，然而必须救助一个将要冻死的苦人，否则便须坐在菩提树下冥想普度一切人类的方法去。普度一切人类和救活一人，大小实在相去太远了，然而倘叫我挑选，我就立刻到菩提树下去坐着，因为免得脱下唯一的棉袄来冻杀自己。所以在家里说要参政权，是不至于大遭反对的，一说到经济的平匀分配，或不免面前就遇见敌人，这就当然要有剧烈的战斗。

战斗不算好事情，我们也不能责成人人都是战士，那么，平和的方法也就可贵了，这就是将来利用了亲权来解放自己的子女。中国的亲权是无上的，那时候，就可以将财产平匀地分配子女们，使他们平和而没有冲突地都得到相等的经济权，此后或者去读书，或者去生发，或者为自己去享用，或者为社会去做事，或者去花完，都请便，自己负责任。这虽然也是颇远的梦，可是比黄金世界的梦近得不少了。但第一需要记性。记性不佳，是有益于己而有害于子孙的。人们因为能忘却，所以自己能渐渐地脱离了受过的苦痛，也因为能忘却，所以往往照样地再犯前人的错误。被虐待的儿媳做了婆婆，仍然虐待儿媳；嫌恶学生的官吏，每是先前痛骂官吏的学生；现在压迫子女的，有时也就是十年前的家庭革命者。这也许与年龄和地位都有关系罢，但记性不佳也是一个很大的原因。救济法就是各人去买一本note-book（笔记本）来，将自己现在的思想举动都记上，作为将来年龄和地位都改变了之后的参考。假如憎恶孩子要到公园去的时候，取来一翻，看见上面有一条道，“我想到中央公园去”，那就即刻心平气和了。

别的事也一样。

世间有一种无赖精神，那要义就是韧性。听说拳匪乱后，天津的青皮，就是所谓无赖者很跋扈，譬如给人搬一件行李，他就要两元，对他说这行李小，他说要两元，对他说道路近，他说要两元，对他说不要搬了，他说也仍然要两元。青皮固然是不足为法的，而那韧性却大可以佩服。要求经济权也一样，有人说这事情太陈腐了，就答道要经济权；说是太卑鄙了，就答道要经济权；说是经济制度就要改变了，用不着再操心，也仍然答道要经济权。

其实，在现在，一个娜拉的出走，或者也许不至于感到困难的，因为这人物很特别，举动也新鲜，能得到若干人们的同情，帮助着生活。生活在人们的同情之下，已经是不自由了，然而倘有一百个娜拉出走，便连同情也减少，有一千一万个出走，就得到厌恶了，断不如自己握着经济权之为可靠。

在经济方面得到自由，就不是傀儡了么？也还是傀儡。无非被人所牵的事可以减少，而自己能牵的傀儡可以增多罢了。因为在现在的社会里，不但女人常作男人的傀儡，就是男人和男人，女人和女人，也相互地作傀儡，男人也常作女人的傀儡，这决不是几个女人取得经济权所能救的。但人不能饿着静候理想世界的到来，至少也得留一点残喘，正如涸辙之鲋（fù），急谋升斗之水一样，就要这较为切近的经济权，一面再想别的法。

如果经济制度竟改革了，那上文当然完全是废话。

然而上文，是又将娜拉当作一个普通的人物而说的，假使她很特别，自己情愿闯出去做牺牲，那就又另是一回事。我们无权去劝诱人做牺牲，也无权去阻止人做牺牲。况且世上也尽有乐于牺牲，乐于受苦的人物。欧洲有一个传说，耶稣去钉十字架时，休息在 Ahasvar（阿哈斯瓦尔）的檐下，Ahasvar 不准他，于是被了咒诅，使他永世不得休息，直到末日裁判的时候。Ahasvar 从此就歇不下，只是走，现在还在走。走是苦的，安息是乐的，他何以不安息呢？虽说背着咒诅，可是大约总该是觉得走比安息还适意，所以始终狂走的罢。

只是这牺牲的适意是属于自己的，与志士们之所谓为社会者无涉。群众，——尤其是中国的，——永远是戏剧的看客。牺牲上场，如果显得慷慨，他们就看了悲壮剧；如果显得觳，他们就看了滑稽剧。北京的羊肉铺前常有几个人张着嘴看剥羊，仿佛颇愉快，人的牺牲能给与他们的益处，也不过如此。而况事后走不几步，他们并这一点愉快也就忘却了。

对于这样的群众没有法，只好使他们无戏可看倒是疗救，正无需乎震骇一时的牺牲，不如深沉的韧性的战斗。

可惜中国太难改变了，即使搬动一张桌子，改装一个火炉，几乎也要血；而且即使有了血，也未必一定能搬动，能改装。不是很大的鞭子打在背上，中国自己是不肯动弹的。我想这鞭子总要来，好坏是别一问题，然而总要打到的。但是从那里来，怎么地来，我也是不能确切地知道。

我这讲演也就此完结了。

生命的路

——鲁迅

想到人类的灭亡是一件大寂寞大悲哀的事；然而若干人们的灭亡，却并非寂寞悲哀的事。

生命的路是进步的，总是沿着无限的精神三角形的斜面向上走，什么都阻止他不得。

自然赋与人们的不调和还很多，人们自己萎缩堕落退步的也还很多，然而生命绝不因此回头。无论什么黑暗来防范思潮，什么悲惨来袭击社会，什么罪恶来亵渎人道，人类的渴仰完全的潜力，总是踏了这些铁蒺藜向前进。

生命不怕死，在死的面前笑着跳着，跨过了灭亡的人们向前进。

什么是路？就是从没路的地方践踏出来的，从只有荆棘的地方开辟出来的。

以前早有路了，以后也该永远有路。

人类总不会寂寞，因为生命是进步的，是乐天的。

昨天，我对我的朋友L说，“一个人死了，在死者自身和他的眷属是悲惨的事，但在一村一镇的人看起来不算什么；就是一省一国一种……”

L很不高兴，说，“这是Nature（自然）的话，不是人们的话。你应该小心些。”

我想，他的话也不错。

秋夜

鲁迅

在我的后园，可以看见墙外有两株树，一株是枣树，还有一株也是枣树。

这上面的夜的天空，奇怪而高，我生平没有见过这样奇怪而高的天空。他仿佛要离开人间而去，使人们仰面不再看见。然而现在却非常之蓝，闪闪地睒着几十个星星的眼，冷眼。他的口角上现出微笑，似乎自以为大有深意，而将繁霜洒在我的园里的野花草上。

我不知道那些花草真叫什么名字，人们叫他们什么名字。我记得有一种开过极细小的粉红花，现在还开着，但是更极细小了，她在冷的夜气中，瑟缩地做梦，梦见春的到来，梦见秋的到来，梦见瘦的诗人将眼泪擦在她最末的花瓣上，告诉她秋虽然来，冬虽然来，而此后接着还是春，胡蝶乱飞，蜜蜂都唱起春词来了。她于是一笑，虽然颜色冻得红惨惨地，仍然瑟缩着。

枣树，他们简直落尽了叶子。先前，还有一两个孩子来打他们别人打剩的枣子，现在是一个也不剩了，连叶子也落尽了。他知道小粉红花的梦，秋后要有春；他也知道落叶的梦，春后还是秋。他简直落尽叶子，单剩干子，然而脱了当初满树是果实和叶子时候的弧形，欠伸得很舒服。但是，有几枝还低亚着，护定他从打枣的竿梢所得的皮伤，而最直最长的几枝，却已默默地铁似的直刺着奇怪而高的天空，使天空闪闪地鬼睒眼；直刺着天空中圆满的月亮，使月亮窘得发白。

鬼睒眼的天空越加非常之蓝，不安了，仿佛想离去人间，避开枣树，只将月亮剩下。然而月亮也暗暗地躲到东边去了。而一无所有的干子，却仍然默默地铁似的直刺着奇怪而高的天空，一意要制他的死命，不管他各式各样地睒着许多蛊惑的眼睛。

哇的一声，夜游的恶鸟飞过了。

我忽而听到夜半的笑声，吃吃地，似乎不愿意惊动睡着的人，然而四围的空气都应和着笑。夜半，没有别的人，我即刻听出这声音就在我嘴里，我也即刻被这笑声所驱逐，回进自己的房。灯火的带子也即刻被我旋高了。

后窗的玻璃上丁丁地响，还有许多小飞虫乱撞。不多久，几个进来了，许是从窗纸的破孔进来的。他们一进来，又在玻璃的灯罩上撞得丁丁地响。一个从上面撞进去了，他于是遇到火，而且我以为这火是真的。两三个却休息在灯的纸罩上喘气。那罩是昨晚新换的罩，雪白的纸，折出波浪纹的叠痕，一角还画出一枝猩红色的栀子。

猩红的栀子开花时，枣树又要做小粉红花的梦，青葱地弯成弧形了……。我又听到夜半的笑声；我赶紧砍断我的心绪，看那老在白纸罩上的小青虫，头大尾小，向日葵子似的，只有半粒小麦那么大，遍身的颜色苍翠得可爱，可怜。

我打一个呵欠，点起一支纸烟，喷出烟来，对着灯默默地敬奠这些苍翠精致的英雄们。

雪

鲁迅

暖国的雨，向来没有变过冰冷的坚硬的灿烂的雪花。博识的人们觉得他单调，他自己也以为不幸否耶？江南的雪，可是滋润美艳之至了；那是还在隐约着的青春的消息，是极壮健的处子的皮肤。雪野中有血红的宝珠山茶，白中隐青的单瓣梅花，深黄的磬口的蜡梅花；雪下面还有冷绿的杂草。胡蝶确乎没有；蜜蜂是否来采山茶花和梅花的蜜，我可记不真切了。但我的眼前仿佛看见冬花开在雪野中，有许多蜜蜂们忙碌地飞着，也听得他们嗡嗡地闹着。

孩子们呵着冻得通红，像紫芽姜一般的小手，七八个一齐来塑雪罗汉。因为不成功，谁的父亲也来帮忙了。罗汉就塑得比孩子们高得多，虽然不过是上小下大的一堆，终于分不清是壶卢还是罗汉；然而很洁白，很明艳，以自身的滋润相粘结，整个地闪闪地生光。孩子们用龙眼核给他做眼珠，又从谁的母亲的脂粉奁中偷得胭脂来涂在嘴唇上。这回确是一个大阿罗汉了。他也就目光灼灼地嘴唇通红地坐在雪地里。

第二天还有几个孩子来访问他；对了他拍手，点头，嘻笑。但他终于独自坐着了。晴天又来消释他的皮肤，寒夜又使他结一层冰，化作不透明的水晶模样；连续的晴天又使他成为不知道算什么，而嘴上的胭脂也褪尽了。

但是，朔方的雪花在纷飞之后，却永远如粉，如沙，他们决不粘连，撒在屋上，地上，枯草上，就是这样。屋上的雪是早已就有消化了的，因为屋里居人的火的温热。别的，在晴天之下，旋风忽来，便蓬勃地奋飞，在日光中灿灿地生光，如包藏火焰的大雾，旋转而且升腾，弥漫太空；使太空旋转而且升腾地闪烁。

在无边的旷野上，在凛冽的天宇下，闪闪地旋转升腾着的是雨的精魂……

是的，那是孤独的雪，是死掉的雨，是雨的精魂。

风筝

鲁迅

北京的冬季，地上还有积雪，灰黑色的秃树枝丫叉于晴朗的天空中，而远处有一二风筝浮动，在我是一种惊异和悲哀。

故乡的风筝时节，是春二月，倘听到沙沙的风轮声，仰头便能看见一个淡墨色的蟹风筝或嫩蓝色的蜈蚣风筝。还有寂寞的瓦片风筝，没有风轮，又放得很低，伶仃地显出憔悴可怜的模样。但此时地上的杨柳已经发芽，早的山桃也多吐蕾，和孩子们的天上的点缀相照应，打成一片春日的温和。我现在在哪里呢？四面都还是严冬的肃杀，而久经诀别的故乡的久经逝去的春天，却就在这天空中荡漾了。

但我是向来不爱放风筝的，不但不爱，并且嫌恶他，因为我以为这是没出息孩子所做的玩艺。和我相反的是我的小兄弟，他那时大概十岁内外罢，多病，瘦得不堪，然而最喜欢风筝，自己买不起，我又不许放，他只得张着小嘴，呆看着空中出神，有时至于小半日。远处的蟹风筝突然落下来了，他惊呼；两个瓦片风筝的缠绕解开了，他高兴得跳跃。他的这些，在我看来都是笑柄，可鄙的。

有一天，我忽然想起，似乎多日不很看见他了，但记得曾见他在后园拾枯竹。我恍然大悟似的，便跑向少有人去的一间堆积杂物的小屋去，推开门，果然就在尘封的什物堆中发见了他。他向着大方凳，坐在小凳上；便很惊惶地站了起来，失了色瑟缩着。大方凳旁靠着一个胡蝶风筝的竹骨，还没有糊上纸，凳上是一对做眼睛用的小风轮，正用红纸条装饰着，将要完工了。我在破获秘密的满足中，又很愤怒他的瞒了我的眼睛，这样苦心孤诣地来偷做没出息孩子的玩艺。我即刻伸手折断了胡蝶的一支翅骨，又将风轮掷在地下，踏扁了。论长幼，论力气，他是都敌不过我的，我当然得到完全的胜利，于是傲然走出，留他绝望地站在小屋里。后来他怎样，我不知道，也没有留心。

然而我的惩罚终于轮到了，在我们离别得很久之后，我已经是中年。我不幸偶而看了一本外国的讲论儿童的书，才知道游戏是儿童最正当的行为，玩具是儿童的天使。于是二十年来毫不忆及的幼小时候对于精神的虐杀的这一幕，忽地在眼前展开，而我的心也仿佛同时变了铅块，很重很重的堕下去了。

但心又不竟堕下去而至于断绝，他只是很重很重地堕着，堕着。

我也知道补过的方法的：送他风筝，赞成他放，劝他放，我和他一同放。我们嚷着，跑着，笑着。——然而他其时已经和我一样，早已有了胡子了。

我也知道还有一个补过的方法的：去讨他的宽恕，等他说，“我可是毫不怪你呵。”那么，我的心一定就轻松了，这确是一个可行的方法。有一回，我们会面的时候，是脸上都已添刻了许多“生”的辛苦的条纹，而我的心很沉重。我们渐渐谈起儿时的旧事来，我便叙述到这一节，自说少年时代的胡涂。“我可是毫不怪你呵。”

我想，他要说了，我即刻便受了宽恕，我的心从此也宽松了罢。

“有过这样的事么？”他惊异地笑着说，就像旁听着别人的故事一样。他什么也不记得了。

全然忘却，毫无怨恨，又有什么宽恕之可言呢？无怨的恕，说谎罢了。

我还能希求什么呢？我的心只得沉重着。

现在，故乡的春天又在这异地的空中了，既给我久经逝去的儿时的回忆，而一并也带着无可把握的悲哀。我倒不如躲到肃杀的严冬中去罢，——但是，四面又明明是严冬，正给我非常的寒威和冷气。

辑四

究竟世间多少情

我将在茫茫人海中
寻找我唯一之灵魂伴侣。
得之，我幸；不得，我命！
如此而已。

——徐志摩

给小曼

——徐志摩

眉：

“幸福还不是不可能的”，这是我最近的发现。

今天早上的时刻，过得甜极了。我只要你：有你我就忘却一切，我什么都不想什么都不要了，因为我什么都有了。与你在一起没有第三人时，我最乐。坐着谈也好，走道也好，上街买东西也好。厂甸我何尝没有去过，但哪有今天那样的甜法；爱是甘草，这苦的世界有了它就好上口了。眉，你真玲珑，你真活泼，你真像一条小龙。

我爱你朴素，不爱你奢华。你穿上一件蓝布袍，你的眉目间就有一种特异的光彩，我看了心里就觉着不可名状的欢喜。朴素是真的高贵。你穿戴齐整的时候当然是好看，但那好看是寻常的，人人都认得的，素服时的眉，有我独到的领略。

“玩人丧德，玩物丧志。”这话确有道理。

我恨的是庸凡，平常，琐细，俗；我爱个性的表现。

我的胸膛并不大，决计装不下整个或是甚至部分的宇宙。我的心河也不够深，常常有露底的忧愁。我即使小有才，决计不是天生的，我信是勉强来的；所以每回我写什么多少总是难产，我惟一的靠傍是刹那间的灵通。我不能没有心的平安。眉，只有你能给我心的平安。在你完全的蜜甜的高贵的爱里，我享受无上的心与灵的平安。

凡事开不得头，开了头便有重复，甚至成习惯的倾向。在恋中人也得提防小漏缝儿，小缝儿会变大窟窿，那就糟了。我见过两相爱的人因为小事情误会斗口，结果只有损失，没有利益。我们家乡俗谚有：“一天相骂十八头，夜夜睡在一横头”，意思说是好夫妻也免不了吵。我可不信，我信合理的生活，动机是爱，知识是指南针；爱的生活也不能纯粹靠感情，彼此的了解是不可少的。爱是帮助了解的力，了解是爱的成熟，最高的了解是灵魂的化合，那是爱的圆满功德。

没有一个灵性不是深奥的，要懂得真认识一个灵性，是一辈子的工作。这功夫愈下愈有味，像逛山似得，惟恐进得不深。

眉，你今天说想到乡间去过活，我听了顶欢喜，可是你得准备吃苦。总有一天我引你到一个地方，使你完全转变你的思想与生活的习惯。你这孩子其实是太娇养惯了！我今天想起丹农雪乌的《死的胜利》的结局；但中国人，哪配！眉，你怕死吗？眉，你怕活吗？活比死难得多！眉，老实说，你的生活一天不改变，我一天不得放心。但北京就是阻碍你新生命的一个大原因，因此我不免发愁。

我从前的束缚是完全靠理性解开的；我不信你的就不能用同样的方法。万事只要自己决心；决心与成功间的是最短的距离。

往往一个人最不愿意听的话，是他最应得听的话。

我所知道的康桥

——徐志摩

一

我这一生的周折，大都寻得出感情的线索。不论别的，单说求学。我到英国是为要从罗素。罗素来中国时，我已经在美国。他那不确的死耗传到的时候，我真的出眼泪不够，还做悼诗来了。他没有死，我自然高兴。我摆脱了哥伦比亚大博士衔的引诱，买船票过大西洋，想跟这位二十世纪的福禄泰尔认真念一点书去。谁知一到英国才知道事情变样了：一为他在战时主张和平，二为她离婚，罗素叫康桥给除名了，他原来是 Trinity Col-lege 的 Fellow，这来他的 Fellow-ship 也给取销了。他回英国后就在伦敦住下，夫妻两人卖文章过日子。因此我也不曾遂我从学的始愿。我在伦敦政治经济学院里混了半年，正感着闷想换路走的时候，我认识了狄更生先生。狄更生（Galsworthy Lowes Dickinson，是一个有名的作者，他的《一个中国人通信》（*Letters From John Chinaman*）与《一个现代聚餐谈话》（*A Modern Symposium*）两本小册子早得了我的景仰。我第一次会著他是在伦敦国际联盟协会席上，那天林宗孟先生演说，他做主席；第二次是宗孟寓里吃茶，有他。以后我常到他家里去。他看出我的烦闷，劝我到康桥去，他自己是王家学院（Kings College）的 Fellow。我就写信去问两个学院，回信都说学额早满了，随后还是狄更生先生替我去在他的学院里说好了，给我一个特别生的资格，随意选科听讲。从此黑方巾黑披袍的风光也被我占着了。初起我在离康桥六英里的乡下叫沙士顿地方租了几间小屋住下，同居的有我从前的夫人张幼仪女士与郭虞裳君。每天一早我坐街车（有时骑自行车）上学，到晚回家。这样的生活过了一个春，但我在康桥还只是个陌生人，谁都不认识，康桥的生活，可以说完全不曾尝着，我知道的只是一个图书馆，几个课室，和三两个吃便宜饭的茶食铺子。狄更生常在伦敦或是大陆上，所以也不常见他。那年的秋季我一个人回到康桥，整整有一学年，那时我才有机会接近真正的康桥生活，同时我也慢慢的“发见”了康桥。我不曾知道过更大的愉快。

二

“单独”是一个耐寻味的现象。我有时想它是任何发见的第一个条件。你要发见你的朋友的“真”，你得有与他单独的机会。你要发见你自己的真，你得给你自己一个单独的机会。你要发见一个地方（地方一样有灵性），你也得有单独玩的机会。我们这一辈子，认真说，能认识几个人？能认识几个地方？我们都是太匆忙，太没有单独的机会。说实话，我连我的本乡都没有什么了解。康桥我要算是有相当交情的，再次许只有新认识的翡冷翠了。阿，那些清晨，那些黄昏，我一个人发痴似的在康桥！绝对的单独。

但一个人要写他最心爱的对象，不论是人是地，是多么使他为难的一个工作？你怕，你怕描坏了它，你怕说过分了恼了它，你怕太谨慎了辜负了它。我现在想写康桥，也正是这样的心理，我不曾写，我就知道这回是写不好的——况且又是临时逼出来的事情。但我却不能不写，上期预告已经出去了。我想勉强分两节写，一是我所知道的康桥的天然景色，一是我所知道的康桥的学生生活。我今晚只能极简约的写些，等以后有兴会时再补。

三

康桥的灵性全在一条河上；康河，我敢说，是全世界最秀丽的一条水。河的名字是葛兰大（Granta），也有叫康河（River Cam）的，许有上下流的区别，我不甚清楚。河身多的是曲折，上游是有名的拜伦潭（“Byron's Pool”）当年拜伦常在那里玩的；有一个老村子叫格兰骞斯德，有一个果子园，你可以躺在累累的桃李树荫下吃茶，花果会掉入你的茶杯，小雀子会到你桌上来啄食，那真是别有一番天地。这是上游；下游是从骞斯德顿下去，河面展廾，那是春夏间竞舟的场所。上下河分界处有一个坝筑，水流急得很，在星光下听水声，听近村晚钟声，听河畔倦牛刍草声，是我康桥经验中最神秘的一种：大自然的优美，宁静，调谐在这星光与波光的默契中不期然的淹入了你的性灵。

但康河的精华是在它的中权，著名的“Backs”，这两岸是几个最蜚声的学院的建筑。从上面下来是Pembroke, St. Katharine's, King's, Clare, Trinity, St. John's。最令人留连的一节是克莱亚与王家学院的毗连处，克莱亚的秀丽紧邻着王家教堂（King's Chapel）的闳伟。别的地方尽有更美更庄严的建筑，例如巴黎赛因河的罗浮宫一带，威尼斯的利阿尔多大桥的两岸， 翡冷翠维基乌大桥的周遭；但康桥的"Backs"自有它的特长，这不容易用一二个状词来概括，它那脱尽尘埃气的一种清澈秀逸的意境可说是超出了画图而化生了音乐的神味。再没有比这一群建筑更调谐更匀称的了！论画，可比的许只有柯罗（Corot）的田野；论音乐，可比的许只有萧邦（Chopin）的夜曲。就这也不能给你依稀的印象，它给你的美感简直是神灵性的一种。

假如你站在王家学院桥边的那棵大椈树荫下眺望，右侧面，隔着一大方浅草坪，是我们的校友居（Fellows Building），那年代并不早，但它的妩媚也是不可掩的，它那苍白的石壁上春夏间满缀着艳色的蔷薇在和风中摇头，更移左是那教堂，森林似的尖阁不可浼的永远直指着天空；更左是克莱亚，阿！那不可信的玲珑的方庭，谁说这不是圣克莱亚（St. Clare）的化身，那一块石上不闪耀着她当年圣洁的精神？在克莱亚后背隐约可辨的是康桥最潢贵最骄纵的三清学院（Trinity），它那临河的图书楼上坐镇着拜伦神采惊人的雕像。

但这时你的注意早已叫克莱亚的三环洞桥魔术似的摄住。你见过西湖白堤上的西泠断桥不是（可怜它们早已叫代表近代丑恶精神的汽车公司给踩平了，现在它们跟着苍凉的雷峰永远辞别了人间）？你忘不了那桥上斑驳的苍苔，木栅的古色，与那桥拱下泄露的湖光与山色不是？克莱亚并没有那样体面的衬托，它也不比庐山栖贤寺旁的观音桥，上瞰五老的奇峰，下临深潭与飞瀑；它只是怯怜怜的一座三环洞的小桥，它那桥洞间也只掩映着细纹的波鳞与婆娑的树影，它那桥上栉比的小穿阑与阑节顶上双双的白石球，也只是村姑子头上不夸张的香草与野花一类的装饰；但你凝神的看看，更凝神的看看，你再反省你的心境，看还有一丝屑的俗念沾滞不？只要你审美的本能不曾汩灭时，这是你的机会实现纯粹美感的神奇！

但你还得选你赏鉴的时辰。英国的天时与气候是走极端的。冬天是荒谬的坏，逢著连绵的雾盲天你一定不迟疑的甘愿进地狱本身去试试；春天（英国是几乎没有夏天的）是更荒谬的可爱，尤其是它那四五月间最渐缓最艳丽的黄昏，那才真是寸寸黄金。在康河边上过一个黄昏是一服灵魂的补剂。阿！我那时蜜甜的单独，那时蜜甜的闲暇。一晚又一晚的，只见我出神似的倚在桥阑上向西天凝望：——

看一回凝静的桥影，

数一数螺细的波纹：

我倚暖了石阑的青苔，

青苔凉透了我的心坎；……

还有几句更笨重的怎能彷佛那游丝似轻妙的情景:

难忘七月的黄昏，远树凝寂，

像墨泼的山形，衬出轻柔瞑色，

密稠稠，七分鹅黄，三分橘绿，

那妙意只可去秋梦边缘捕捉；……

四

这河身的两岸都是四季常青最葱翠的草坪。从校友居的楼上望去，对岸草场上，不论早晚，永远有十数匹黄牛与白马，胫蹄没在恣蔓的草丛中，从容的在咬嚼，星星的黄花在风中动荡，应和着它们尾鬃的扫拂。桥的两端有斜倚的垂柳与椈荫护住，水是澈底的清澄，深不足四尺，匀匀的长着长条的水草。这岸边的草坪又是我的爱宠，在清朝，在傍晚，我常去这天然的织锦上坐地，有时读书，有时看水；有时仰卧着看天空的行云，有时反仆着搂抱大地的温软。

但河上的风流还不止两岸的秀丽。你得买船去玩。船不止一种：有普通的双桨划船，有轻快的薄皮舟（Canoe），有最别致的长形撑篙船（Punt）。最末的一种是别处不常有的：约莫有二丈长，三尺宽，你站直在船梢上用长竿撑着走的。这撑是一种技术。我手脚太蠢，始终不曾学会。你初起手尝试时，容易把船身横住在河中，东颠西撞的狼狈。英国人是不轻易开口笑人的，但是小心他们不出声的皱眉！也不知有多少次河中本来优闲的秩序叫我这莽撞的外行给捣乱了。我真的始终不曾学会；每回我不服输跑去租船再试的时候，有一个白胡子的船家往往带讥讽的对我说："先生，这撑船费劲，天热累人，还是拿个薄皮舟溜溜吧！"我那里肯听话，长篙子一点就把船撑了开去，结果还是把河身一段段的腰斩了去！

你站在桥上去看人家撑，那多不费劲，多美！尤其在礼拜天有几个专家的女郎，穿一身缟素衣服，裙裾在风前悠悠的飘着，戴一顶宽边的薄纱帽，帽影在水草间颤动，你看她们出桥洞时的姿态，捻起一根竟像没分量的长竿，只轻轻的，不经心的往波心里一点，身子微微的一蹲，这船身便波的转出了桥影，翠条鱼似的向前滑了去。她们那敏捷，那闲暇，那轻盈，真是值得歌咏的。

在初夏阳光渐暖时你去买一支小船，划去桥边荫下躺着念你的书或是做你的梦，槐花香在水面上飘浮，鱼群的唼喋声在你的耳边挑逗。或是在初秋的黄昏，近着新月的寒光，望上流僻静处远去。爱热闹的少年们携着他们的女友，在船沿上支着双双的东洋彩纸灯，带着话匣子，船心里用软垫铺着，也开向无人迹处去享他们的野福——谁不爱听那水底翻的音乐在静定的河上描写梦意与春光！

住惯城市的人不易知道季候的变迁。看见叶子掉知道是秋，看见叶子绿知道是春；天冷了装炉子，天热了拆炉子；脱了棉袍，换上夹袍，脱下夹袍，穿上单袍；不过如此罢了。天上星斗的消息，地下泥土里的消息，空中风吹的消息，都不关我们的事。忙着哪，这样那样事情多着，谁耐烦管星星的移转，花草的消长。风云的变幻？同时我们抱怨我们的生活，苦痛，烦闷，拘束，枯燥，谁肯承认做人是快乐？谁不多少咒诅人生？

但不满意的生活大都是由于自取的。我是一个生命的信仰者，我信生活决不是我们大多数人仅仅从自身经验推得的那样暗惨。我们的病根是在“忘本”。人是自然的产儿，就好比枝头的花与鸟是自然的产儿；但我们不幸是文明人，入世深似一天，离自然远似一天。离开了泥土的花草，离开了水的鱼，能快活吗？能生存吗？从大自然，我们取得我们的生命；从大自然，我们应分取得我们继续的滋养。那一株婆娑的大木没有盘错的根柢深入在无尽藏的地里？我们是永远不能独立的。有幸福是永远不离母亲抚育的孩子，有健康是永远接近自然的人们。不必一定与鹿豕游，不必一定回“洞府”去；为医治我们当前生活的枯窘，只要“不完全遗忘自然”一张轻淡的药方我们的病象就有缓和的希望。在青草里打几个滚。到海水里洗几次浴，到高处去看几次朝霞与晚照——你肩背上的负担就会轻松了去的。

这是极肤浅的道理，当然。但我要没有过过康桥的日子，我就不会有这样的自信。我这一辈子就只那一春，说也可怜，算是不曾虚度。就只那一春，我的生活是自然的，是真愉快的！（虽则碰巧那也是我最感受人生痛苦的时期。）我那时有的是闲暇，有的是自由，有的是绝对单独的机会。说也奇怪，竟像是第一次，我辨认了星月的光明，草的青，花的香，流水的殷勤。我能忘记那初春的睥睨吗？曾经有多少个清晨我独自冒着冷去薄霜铺地的林子里闲步——为听鸟语，为盼朝阳，为寻泥土里渐次苏醒的花草，为体会最微细最神妙的春信。阿！那是新来的画眉在那边凋不尽的青枝上试它的新声！阿，这是第一朵小雪球花挣出了半冻的地面！阿，这不是新来的潮润沾上了寂寞的柳条？

静极了，这朝来水溶溶的大道，只远处牛奶车的铃声，点缀这周遭的沉默。顺着这大道走去，走到尽头，再转入林子里的小径，往烟雾浓密处走去，头顶是交枝的榆荫，透露着漠楞楞的曙色；再往前走去，走尽这林子，当前是平坦的原野，望见了村舍，初青的麦田，更远三两个馒形的小山掩住了一条通道。天边是雾茫茫的，尖尖的黑影是近村的教寺。听，那晓钟和缓的清音。这一带是此邦中部的平原，地形像是海里的清波，默沉沉的起伏；山岭是望不见的，有的是常青的草原与沃腴的田壤。登那土阜上望去，康桥只是一带茂林，拥戴着几处娉婷的尖阁。妩媚的康河也望不见踪迹，你只能循着那锦带似的林木想象那一流清浅。村舍与树林是这地盘上的棋子，有村舍处有佳荫，有佳荫处有村舍。这早起是看炊烟的时辰：朝雾渐渐的升起，揭开了这灰苍苍的天幕，（最好是微霰后的光景）远近的炊烟，成丝的，成缕的，成卷的，轻快的，迟重的，浓灰的，淡青的，惨白的，在静定的朝气里渐渐的上腾，渐渐的不见，彷佛是朝来人们的祈祷，参差的翳入了天厅。朝阳是难得见的，这初春的天气，但它来时是起早人莫大的愉快。顷刻间这田野添深了颜色，一层轻纱似的金粉糁上了这草，这树，这通道，这庄舍。顷刻间这周遭驹漫了清晨富丽的温柔。顷刻间你的心怀也分润了白天诞生的光荣。“春”！这胜利的晴空彷佛在你的耳边私语。“春”！你那快活的灵魂也彷佛在那里回响。

…………

伺候着河上的风光，这春来一天有一天的消息。关心石上的苔痕，关心败草里的花鲜，关心这水流的缓急，关心水草的滋长，关心天上的云霞，关心新来的鸟语。怯怜怜的小雪球是探春信的小使。铃兰与香草是欢喜的初声。窈窕的莲馨，玲珑的石水仙，爱热闹的克罗克斯，耐辛苦的蒲公英与雏菊——这时候春光已是缦烂在人间，更不须殷勤问讯。

瑰丽的春放。这是你野游的时期。可爱的路政，这里不比中国，那一处不是坦荡荡的大道？徒步是一个愉快，但骑自转车是一个更大的愉快。在康桥骑车是普遍的技术；妇人，稚子，老翁，一致享受这双轮舞的快乐。（在康桥听说自转车是不怕人偷的，就为人人都自己有车，没人要偷。）任你选一个方向，任你上一条通道，顺着这带草味的和风，放轮远去，保管你这半天的逍遥是你性灵的补剂。这道上有的是清荫与美草，随地都可以供你休憩。你如爱花，这里多的是锦绣似的草原。你如爱鸟，这里多的是巧啭的鸣禽。你如爱儿童，这乡间到处是可亲的稚子。你如爱人情，这里多的是不嫌远客的乡人，你到处可以“挂单”借宿，有酪浆与嫩薯供你饱餐，有夺目的果鲜恣你尝新。你如爱酒，这乡间每“望”都为你储有上好的新酿，黑啤如太浓，苹果酒姜酒都是供你解渴润肺的。……带一卷书，走十里路，选一块清静地，看天，听鸟，读书，倦了时，和身在草绵绵处寻梦去——你能想像更适情更适性的消遣吗？

陆放翁有一联诗句：“传呼快马迎新月，却上轻舆趁晚凉；”这是做地方官的风流。我在康桥时虽没马骑，没轿子坐，却也有我的风流：我常常在夕阳西晒时骑了车迎着天边扁大的日头直追。日头是追不到的，我没有夸父的荒诞，但晚景的温存却被我这样偷尝了不少。有三两幅画图似的经验至今还是栩栩的留着。只说看夕阳，我们平常只知道登山或是临海，但实际只须辽阔的天际，平地上的晚霞有时也是一样的神奇。有一次我赶到一个地方，手把着一家村庄的篱笆，隔着一大田的麦浪，看西天的变幻。有一次是正冲着一条宽广的大道，过来一大群羊，放草归来的，偌大的太阳在它们后背放射着万缕的金辉，天上却是乌青青的，只剩这不可逼视的威光中的一条大路，一群生物！我心头顿时感着神异性的压迫，我真的跪下了，对着这冉冉渐翳的金光。再有一次是更不可忘的奇景，那是临着一大片望不到头的草原，满开着艳红的罂粟，在青草里亭亭的像是万盏的金灯，阳光从褐色云里斜着过来，幻成一种异样的紫色，透明似的不可逼视，刹那间在我迷眩了的视觉中，这草田变成了……不说也罢，说来你们也是不信的！

一别二年多了，康桥，谁知我这思乡的隐忧？也不想别的，我只要那晚钟撼动的黄昏，没遮拦的田野，独自斜倚在软草里，看第一个大星在天边出现！

翡冷翠[1]山居闲话

徐志摩

在这里出门散步去，上山或是下山，在一个晴好的五月的向晚，正像是去赴一个美的宴会，比如去一果子园，那边每株树上都是满挂着诗情最秀逸的果实，假如你单是站著看还不满意时，只要一伸手就可以采取，可以恣尝鲜味，足够你性灵的迷醉。阳

1 翡冷翠，通译佛罗伦萨，意大利中部城市，文艺复兴时期欧洲最著名的艺术中心。

光正好暖和，决不过暖；风息是温驯的，而且往往因为他是从繁花的山林里吹度过来他带来一股幽远的澹香，连着一息滋润的水气，摩挲著你的颜面，轻绕着你的肩腰，就这单纯的呼吸已是无穷的愉快；空气总是明净的，近谷内不生烟，远山上不起霭，那美秀风景的全部正像画片似的展露在你的眼前，供你闲暇的鉴赏。

作客山中的妙处，尤在你永不须踌躇你的服色与体态；你不妨摇曳著一头的蓬草，不妨纵容你满腮的苔藓；你爱穿什么就穿什么；扮一个牧童，扮一个渔翁，装一个农夫，装一个走江湖的桀卜闪，装一个猎户；你再不必提心整理你的领结，你尽可以不用领结，给你的颈根与胸膛一半日的自由，你可以拿一条这边艳色的长巾包在你的头上，学一个太平军的头目，或是拜伦那埃及装的姿态；但最要紧的是穿上你最旧的旧鞋，别管他模样不佳，他们是顶可爱的好友，他们承着你的体重却不叫你记起你还有一双脚在你的底下。

这样的玩顶好是不要约伴，我竟想严格的取缔，只许你独身；因为有了伴多少总得叫你分心。尤其是年轻的女伴，那是最危险最专制不过的旅伴，你应得躲避她像你躲避青草里一条美丽的花蛇！平常我们从自己家里走到朋友的家里，或是我们执事的地方，那无非是在同一个大牢里从一间狱室移到另一间狱室去，拘束永远跟著我们，自由永远寻不到我们；但在这春夏间美秀的山中或乡间你要是有机会独身闲逛时，那才是你福星高照的时候，那才是你实际领受，亲口尝味，自由与自在的时候，那才是你肉体与灵魂行动一致的时候。朋友们，我们多长一岁年纪往往只是加重我们头上的枷，加紧我们脚胫上的链，我们见小孩子在草里在沙堆里在浅水里打滚作乐，或是看见小猫追他自己的尾巴，何尝没有羡慕的时候，但我们的枷，我们的链永远是制定我们行动的上司！所以只有你单身奔赴大自然的怀抱时，像一个裸体的小孩扑入他母亲的怀抱时，你才知道灵魂的愉快是怎样的，单是活着的快乐是怎样的，单就呼吸单就走道单就张眼看耸耳听的幸福是怎样的。因此你得严格的为己，极端的自私，只许你，体魄与性灵，与自然同在一个脉搏里跳动，同在一个音波里起伏，同在一个神奇的宇宙里自得。我们浑朴的天真是像含羞草似的妖柔的，一经同伴的抵触，他就卷了起来，但在澄静的日光下，和风中，他的姿态是自然的，他的生活是无阻碍的。

你一个人漫游的时候，你就会在青草里坐地仰卧，甚至有时打滚，因为草的和暖的颜色自然的唤起你童稚的活泼；在静僻的道上你就会不自主的狂舞，看着你自己的身影幻出种种诡异的变相，因为道旁树木的阴影在他们迂徐的婆娑里暗示你舞蹈的快乐；你也会得信口的歌唱，偶尔记起断片的音调，与你自己随口的小曲，因为树林中的莺燕告诉你春光是应得赞美的；更不必说你的胸襟自然会跟着曼长的山径开拓，你的心地会看着澄蓝的天空静定，你的思想和著山壑间的水声，山罅里的泉响，有时一澄到底的清澈，有时激起成章的波动，流，流，流入凉爽的橄榄林中，流入妩媚的阿诺河[1]去……

并且你不但不须应伴，每逢这样的游行，你也不必带书。书是理想的伴侣，但你应得带书，是在火车上，在你住处的客室里，不是在你独自漫步的时候。什么伟大的深沉的鼓舞的清明的优美的思想的根源不是可以在风籁中，云彩里，山势与地形的起伏里，花草的颜色与香息里寻得？自然是最伟大的一部书，葛德[2]说，在他每一页的字句里我们读得最深奥的消息。并且这书上的文字是人人懂得的；阿尔帕斯[3]与五老峰，雪西里[4]与普陀山，菜因河与扬子江，梨梦湖[1]与西子湖，建兰与琼花，杭州西溪的芦雪与威尼市夕照的红潮，百灵与夜莺，更不提一般黄的黄麦，一般紫的紫藤，一般青的青草同在大地上生长，同在和风中波动——他们应用的符号是永远一致的，他们的意义是永远明显的，只要你自己性灵上不长疮瘢，眼不盲，耳不塞，这无形迹的最高等教育便永远是你的名分，这不取费的最珍贵的补剂便永远供你的受用；只要你认识了这一部书，你在这世界上寂寞时便不寂寞，穷困时不穷困，苦恼时有安慰，挫折时有鼓励，软弱时有督责，迷失时有南针。

呼兰河传（节选）

萧红

呼兰河这小城里边住着我的祖父。

我生的时候，祖父已经六十多岁了，我长到四五岁，祖父就快七十了。

我家有一个大花园，这花园里蜂子、蝴蝶，蜻蜓，蚂蚱，样样都有。蝴蝶有白蝴蝶，黄蝴蝶。这种蝴蝶极小，不太好看。好看的是大红蝴蝶，满身带着金粉。

蜻蜓是金的。蚂蚱是绿的。蜂子则嗡嗡的飞着，满身绒毛，落到一朵花上，胖圆圆的就和一个小毛球似的不动了。

花园里边明晃晃的，红的红，绿的绿，新鲜漂亮。

据说这花园，从前是一个果园。祖母喜欢吃果子就种了果园。祖母又喜欢养羊，羊就把果树给啃了。果树于是都死了。到我有记忆的时候，园子里就只有一棵樱桃树，一棵李子树，因为樱桃和李子都不大结果子，所以觉得它们是并不存在的。小的时候，只觉得园子里边就有一棵大榆树。

这榆树，在园子的西北角上，来了风，这榆树先啸，来了雨，大榆树先就冒烟了。太阳一出来，大榆树的叶子就发光了，它们闪烁得和沙滩上的蚌壳一样了。

祖父一天都在后园里边，我也跟着祖父在后园里边。祖父戴一个大草帽，我戴一个小草帽，祖父栽花，我就栽花，祖父拔草，我就拔草。当祖父下种种小白菜的时候，我就跟在后边，把那下了种的土窝，用脚一个一个的溜平，哪里会溜得准，东一脚的，西一脚的瞎闹。有的把菜种不单没被土盖上，反而把菜子踢飞了。

小白菜长得非常之快，没有几天就冒了芽了。一转眼就可以拔下来吃了。

祖父铲地，我也铲地。因为我太小，拿不动那锄头杆，祖父就把锄头杆拔下来，让我单拿着那个锄头的“头”来铲。其实哪里是铲，也不过爬在地上，用锄头乱勾一阵就是了。也认不得哪个是苗，哪个是草。往往把韭菜当做野草一起的割掉，把狗尾草当做谷穗留着。

等祖父发现我铲的那块满留着狗尾草的一片，他就问我：

“这是什么？”

我说：

“谷子。”

祖父大笑起来，笑得够了，把草摘下来问我：

“你每天吃的就是这个吗？”

我说：

“是的。”

我看着祖父还在笑，我就说：

“你不信，我到屋里拿来你看。”

我跑到屋里，拿了鸟笼上的一头谷穗，远远的就抛给祖父了。说：

“这不是一样的吗？”

祖父慢慢的把我叫过去，讲给我听，说谷子是有芒针的。狗尾草则没有，只是毛嘟嘟的真像狗尾巴。

祖父虽然教我，我看了也并不细看，也不过马马虎虎承认下来就是了。一抬头看见了一个黄瓜长大了，跑过去摘下来，我又去吃黄瓜去了。

黄瓜也许没有吃完，又看见了一个大蜻蜓从旁飞过，于是丢了黄瓜又去追蜻蜓去了。蜻蜓飞得多么快，哪里会追得上。好则一开初也没有存心一定追上，所以站起来，跟了蜻蜓跑了几步就又去做别的去了。

采一个倭瓜花心，捉一个大绿豆青蚂蚱，把蚂蚱腿用线绑上，绑了一会，也许把蚂蚱腿就绑掉，线头上只拴了一只腿，而不见蚂蚱了。

玩腻了，又跑到祖父那里去乱闹一阵。祖父浇菜，我也抢过来浇，奇怪的就是并不往菜上浇，而是拿着水瓢，拼尽了力气，把水往天空里一扬，大喊着：

“下雨了，下雨了。”

太阳在园子里是特大的，天空是特别高的，太阳的光芒四射，亮得使人睁不开眼睛，亮得蚯蚓不敢钻出地面来，蝙蝠不敢从什么黑暗的地方飞出来。是凡在太阳下的，都是健康的，漂亮的，拍一拍连大树都会发响的，叫一叫就是站在对面的土墙都会回答似的。

花开了，就像花睡醒了似的。鸟飞了，就像鸟上天了似的。虫子叫了，就像虫子在说话似的。一切都活了。都有无限的本领，要做什么，就做什么。要怎么样，就怎么样。都是自由的。倭瓜愿意爬上架就爬上架，愿意爬上房就爬上房。黄瓜愿意开一个谎花，就开一个谎花，愿意结一个黄瓜就结一个黄瓜。若都不愿意，就是一个黄瓜也不结，一朵花也不开，也没有人问它似的。玉米愿意长多高就长多高，他若愿意长上天去，也没有人管。蝴蝶随意的飞，一会从墙头上飞来一对黄蝴蝶，一会又从墙头上飞走了一个白蝴蝶。它们是从谁家来的，又飞到谁家去？太阳也不知道这个。

只是天空蓝悠悠的，又高又远。

可是白云一来了的时候，那大团的白云，好像翻了花的白银似的，从祖父的头上经过，好像要压到了祖父的草帽那么低。

我玩累了，就在房檐底下找个阴凉的地方睡着了。不用枕头，不用席子，就把草帽扣在脸上就睡了。

…………

后园中有一棵玫瑰。一到五月就开花的。一直开到六月。花朵和酱油碟那么大。开得很茂盛，满树都是，因为花香，招来了很多的蜂子，嗡嗡的在玫瑰树那儿闹着。

别的一切都玩厌了的时候，我就想起来去摘玫瑰花，摘了一大堆把草帽脱下来用帽兜子盛着。在摘那花的时候，有两种恐惧，一种是怕蜂子的钩刺人，另一种是怕玫瑰的刺刺手。好不容易摘了一大堆，摘完了可又不知道做什么了。忽然异想天开，这花若给祖父戴起来该多好看。

祖父蹲在地上拔草，我就给他戴花。祖父只知道我是在捉弄他的帽子，而不知道我到底是在干什么。我把他的草帽给他插了一圈的花，红通通的二三十朵。我一边插着一边笑。当我听到祖父说：

“今年春天雨水大，咱们这棵玫瑰开得这么香。二里路也怕闻得到的。”

就把我笑得哆嗦起来。我几乎没有支持的能力再插上去。等我插完了，祖父还是安然的不晓得。他还照样的拔着垅上的草。我跑得很远的站着，我不敢往祖父那边看，一看就想笑。所以我借机进屋去找一点吃的来，还没有等我回到园中，祖父也屋来了。

那满头红通通的花朵，一进来祖母就看见了。她看见什么也没说，就大笑了起来。父亲母亲也笑了起来，而以我笑得最厉害，我在炕上打着滚笑。

祖父把帽子摘下来一看，原来那玫瑰的香并不是因为今年春天雨水大的缘故，而是那花就顶在他的头上。

他把帽子放下，他笑了十多分钟还停不住，过一会一想起来，又笑了。

祖父刚有点忘记了，我就在旁边提着说：

“爷爷……今年春天雨水大呀……”

一提祖父的笑就来了。于是我也在炕上打起滚来。

就这样一天一天的，祖父，后园，我。这三样是一样也不可缺少的了。

刮了风，下了雨，祖父不知怎样，在我却是非常寂寞的了。去没有去处，玩没有玩的，觉得这一天不知有多少日子那么长。

落花生

老舍

我是个谦卑的人。但是，口袋里装上四个铜板的落花生，一边走一边吃，我开始觉得比秦始皇还骄傲。假若有人问我："你要是作了皇上，你怎么享受呢？"简直的不必思索，我就答得出："派四个大臣拿着两块钱的铜子，爱买多少花生吃就买多少！"

什么东西都有个幸与不幸。不知道为什么瓜子比花生的名气大。你说，凭良心说，瓜子有什么吃头？它夹你的舌头，塞你的牙，激起你的怒气——因为一咬就碎；就是幸而没碎，也不过是那么小小的一片，不解饿，没味道，劳民伤财，布尔乔亚！你看落花生：大大方方的，浅白麻子，细腰，曲线美。这还只是看外貌。弄开看：一胎儿两个或者三个粉红的胖小子。脱去粉红的衫儿，象牙色的豆瓣一对对的抱着，上边儿还结着吻。那个光滑，那个水灵，那个香喷喷的，碰到牙上那个干松酥软！白嘴吃也好，就酒喝也好，放在舌上当槟榔含着也好。写文章的时候，三四个花生可以代替一支香烟，而且有益无损。

种类还多呢：大花生，小花生，大花生米，小花生米，糖饯的，炒的，煮的，炸的，各有各的风味，而都好吃。下雨阴天，煮上些小花生，放点盐；来四两玫瑰露；够作好儿首诗的。瓜子可给诗的灵感？冬夜，早早的躺在被窝里，看着《水浒》，枕旁放着些花生米；花生米的香味，在舌上，在鼻尖；被窝里的暖气，武松打虎……这便是天国！冬天在路上，刮着冷风，或下着雪，袋里有些花生使你心中有了主儿；掏出一个来，剥了，慌忙往口中送，闭着嘴嚼，风或雪立刻不那么厉害了。况且，一个二十岁以上的人肯神仙似的，无忧无虑的，随随便便的，在街上一边走一边吃花生，这个人将来要是作了宰相或度支部尚书，他是不会有官僚气与贪财的。他若是作了皇上，必是朴俭温和直爽天真的一位皇上，没错。吃瓜子的照例不在街上走着吃，所以我不给他保这个险。

至于家中要是有小孩儿，花生简直比什么也重要。不但可以吃，而且能拿它们玩。夹在耳唇上当环子，几个小姑娘就能办很大的一回喜事。小男孩若找不着玻璃球儿，花生也可以当弹儿。玩法还多着呢。玩了之后，剥开再吃，也还不脏。两个大子儿的花生可以玩半天；给他们些瓜子试试。

论样子，论味道，栗子其实满有势派儿。可是它没有落花生那点家常的“自己”劲儿。栗子跟人没有交情，仿佛是。核桃也不行，榛子就更显着疏远。落花生在哪里都有人缘，自天子以至庶人都跟它是朋友；这不容易。

在英国，花生叫作“猴豆”——Monkey nuts。人们到动物园去才带上一包，去喂猴子。花生在这个国里真不算很光荣，可是我亲眼看见去喂猴子的人——小孩就更不用提了——偷偷的也往自己口中送这猴豆。花生和苹果好像一样的有点魔力，假如你知道苹果的典故；我这儿确是用着典故。

美国吃花生的不限于猴子。我记得有位美国姑娘，在到中国来的时候，把几只皮箱的空处都填满了花生，大概凑起来总够十来斤吧，怕是到中国吃不着这种宝物。美国姑娘都这样重看花生，可见它确是有价值；按照哥伦比亚的哲学博士的辩证法看，这当然没有误儿。

花生大概还跟婚礼有点关系，一时我可想不起来是怎么个办法了；不是新娘子在轿里吃花生，不是；反正是什么什么春吧——你可晓得这个典故？其实花轿里真放上一包花生米，新娘子未必不一边落泪一边嚼着。

我的母亲

——老舍

母亲的娘家是北平德胜门外，土城儿外边，通大钟寺的大路上的一个小村里。村里一共有四五家人家，都姓马。大家都种点不十分肥美的地，但是与我同辈的兄弟们，也有当兵的，作木匠的，作泥水匠的，和当巡察的。他们虽然是农家，却养不起牛马，人手不够的时候，妇女便也须下地作活。

对于姥姥家，我只知道上述的一点。外公外婆是什么样子，我就不知道了，因为他们早已去世。至于更远的族系与家史，就更不晓得了；穷人只能顾眼前的衣食，没有功夫谈论什么过去的光荣；“家谱”这字眼，我在幼年就根本没有听说过。

母亲生在农家，所以勤俭诚实，身体也好。这一点事实却极重要，因为假若我没有这样的一位母亲，我以为我恐怕也就要大大的打个折扣了。

母亲出嫁大概是很早，因为我的大姐现在已是六十多岁的老太婆，而我的大外甥女还长我一岁啊。我有三个哥哥，四个姐姐，但能长大成人的，只有大姐，二姐，三姐，三哥与我。我是“老”儿子。生我的时候，母亲已有四十一岁，大姐二姐已都出了阁。

由大姐与二姐所嫁入的家庭来推断，在我生下之前，我的家里，大概还马马虎虎的过得去。那时候定婚讲究门当户对，而大姐丈是作小官的，二姐丈也开过一间酒馆，他们都是相当体面的人。

可是，我，我给家庭带来了不幸：我生下来，母亲晕过去半夜，才睁眼看见她的老儿子——感谢大姐，把我揣在怀中，致未冻死。

一岁半，我把父亲“克”死了。

兄不到十岁，三姐十二三岁，我才一岁半，全仗母亲独力抚养了。父亲的寡姐跟我们一块儿住，她吸鸦片，她喜摸纸牌，她的脾气极坏。为我们的衣食，母亲要给人家洗衣服，缝补或裁缝衣裳。在我的记忆中，她的手终年是鲜红微肿的。白天，她洗衣服，洗一两大绿瓦盆。她作事永远丝毫也不敷衍，就是屠户们送来的黑如铁的布袜，她也给洗得雪白。晚间，她与三姐抱着一盏油灯，还要缝补衣服，一直到半夜。她终年没有休息，可是在忙碌中她还把院子屋中收拾得清清爽爽。桌椅都是旧的，柜门的铜活久已残缺不全，可是她的手老使破桌面上没有尘土，残破的铜活发着光。院中，父亲遗留下的几盆石榴与夹竹桃，永远会得到应有的浇灌与爱护，年年夏天开许多花。

哥哥似乎没有同我玩耍过。有时候，他去读书；有时候，他去学徒；有时候，他也去卖花生或樱桃之类的小东西。母亲含着泪把他送走，不到两天，又含着泪接他回来。我不明白这都是什么事，而只觉得与他很生疏。与母亲相依为命的是我与三姐。因此，他们作事，我老在后面跟着。她们浇花，我也张罗着取水；她们扫地，我就撮土……从这里，我学得了爱花，爱清洁，守秩序。这些习惯至今还被我保存着。

有客人来，无论手中怎么窘，母亲也要设法弄一点东西去款待。舅父与表哥们往往是自己掏钱买酒肉食，这使她脸上羞得飞红，可是殷勤的给他们温酒作面，又给她一些喜悦。遇上亲友家中有喜丧事，母亲必把大褂洗得干干净净，亲自去贺吊——份礼也许只是两吊小钱。到如今如我的好客的习性，还未全改，尽管生活是这么清苦，因为自幼儿看惯了的事情是不易改掉的。

姑母常闹脾气。她单在鸡蛋里找骨头。她是我家中的阎王。直到我入了中学，她才死去，我可是没有看见母亲反抗过。“没受过婆婆的气，还不受大姑子的吗？命当如此！”母亲在非解释一下不足以平服别人的时候，才这样说。是的，命当如此。母亲活到老，穷到老，辛苦到老，全是命当如此。她最会吃亏。给亲友邻居帮忙，她总跑在前面：她会给婴儿洗三——穷朋友们可以因此少花一笔“请姥姥”钱——她会刮痧，她会给孩子们剃头，她会给少妇们绞脸……凡是她能作的，都有求必应。但是吵嘴打架，永远没有她。她宁吃亏，不逗气。当姑母死去的时候，母亲似乎把一世的委屈都哭了出来，一直哭到坟地。不知道哪里来的一位侄子，声称有承继权，母亲便一声不响，教他搬走那些破桌子烂板凳，而且把姑母养的一只肥母鸡也送给他。

可是，母亲并不软弱。父亲死在庚子闹“拳”的那一年。联军入城，挨家搜索财物鸡鸭，我们被搜两次。母亲拉着哥哥与三姐坐在墙根，等着“鬼子”进门，街门是开着的。“鬼子”进门，一刺刀先把老黄狗刺死，而后入室搜索。他们走后，母亲把破衣箱搬起，才发现了我。假若箱子不空，我早就被压死了。皇上跑了，丈夫死了，鬼子来了，满城是血光火焰，可是母亲不怕，她要在刺刀下，饥荒中，保护着儿女。北平有多少变乱啊，有时候兵变了，街市整条的烧起，火团落在我们院中。有时候内战了，城门紧闭，铺店关门，昼夜响着枪炮。这惊恐，这紧张，再加上一家饮食的筹划，儿女安全的顾虑，岂是一个软弱的老寡妇所能受得起的？可是，在这种时候，母亲的心横起来，她不慌不哭，要从无办法中想出办法来。她的泪会往心中落！这点软而硬的个性，也传给了我。我对一切人与事，都取和平的态度，把吃亏看作当然的。但是，在作人上，我有一定的宗旨与基本的法则，什么事都可将就，而不能超过自己划好的界限。我怕见生人，怕办杂事，怕出头露面；但是到了非我去不可的时候，我便不得不去，正像我的母亲。从私塾到小学，到中学，我经历过起码有廿位教师吧，其中有给我很大影响的，也有毫无影响的，但是我的真正的教师，把性格传给我的，是我的母亲。母亲并不识字，她给我的是生命的教育。

当我在小学毕了业的时候，亲友一致的愿意我去学手艺，好帮助母亲。我晓得我应当去找饭吃，以减轻母亲的勤劳困苦。可是，我也愿意升学。我偷偷的考入了师范学校——制服，饭食，书籍，宿处，都由学校供给。只有这样，我才敢对母亲提升学的话。入学，要交十元的保证金。这是一笔巨款！母亲作了半个月的难，把这巨款筹到，而后含泪把我送出门去。她不辞劳苦，只要儿子有出息。当我由师范毕业，而被派为小学校校长，母亲与我都一夜不曾合眼。我只说了句："以后，您可以歇一歇了！"她的回答只有一串串的眼泪。我入学之后，三姐结了婚。母亲对儿女是都一样疼爱的，但是假若她也有点偏爱的话，她应当偏爱三姐，因为自父亲死后，家中一切的事情都是母亲和三姐共同撑持的。三姐是母亲的右手。但是母亲知道这右手必须割去，她不能为自己的便利而耽误了女儿的青春。当花轿来到我们的破门外的时候，母亲的手就和冰一样的凉，脸上没有血色——那是阴历四月，天气很暖。大家都怕她晕过去。可是，她挣扎着，咬着嘴唇，手扶着门框，看花轿徐徐的走去。不久，姑母死了。三姐已出嫁，哥哥不在家，我又住学校，家中只剩母亲自己。她还须自晓至晚的操作，可是终日没人和她说一句话。新年到了，正赶上政府倡用阳历，不许过旧年。除夕，我请了两小时的假。由拥挤不堪的街市回到清炉冷灶的家中。母亲笑了。及至听说我还须回校，她楞住了。半天，她才叹出一口气来。到我该走的时候，她递给我一些花生，“去吧，小子！”街上是那么热闹，我却什么也没看见，泪遮迷了我的眼。今天，泪又遮住了我的眼，又想起当日孤独的过那凄惨的除夕的慈母。可是慈母不会再候盼着我了，她已入了土！

儿女的生命是不依顺着父母所设下的轨道一直前进的，所以老人总免不了伤心。我廿三岁，母亲要我结了婚，我不要。我请来三姐给我说情，老母含泪点了头。我爱母亲，但是我给了她最大的打击。时代使我成为逆子。廿七岁，我上了英国。为了自己，我给六十多岁的老母以第二次打击。在她七十大寿的那一天，我还远在异域。那天，据姐姐们后来告诉我，老太太只喝了两口酒，很早的便睡下。她想念她的幼子，而不便说出来。

七七抗战后，我由济南逃出来。北平又像庚子那年似的被鬼子占据了，可是母亲日夜惦念的幼子却跑西南来。母亲怎样想念我，我可以想象得到，可是我不能回去。每逢接到家信，我总不敢马上拆看，我怕，怕，怕，怕有那不祥的消息。人，即使活到八九十岁，有母亲便可以多少还有点孩子气。失了慈母便像花插在瓶子里，虽然还有色有香，却失去了根。有母亲的人，心里是安定的。我怕，怕，怕家信中带来不好的消息，告诉我已是失了根的花草。

去年一年，我在家信中找不到关于老母的起居情况。我疑虑，害怕。我想象得到，如有不幸，家中念我流亡孤苦，或不忍相告。母亲的生日是在九月，我在八月半写去祝寿的信，算计着会在寿日之前到达。信中嘱咐千万把寿日的详情写来，使我不再疑虑。十二月二十六日，由文化劳军的大会上回来，我接到家信。我不敢拆读。就寝前，我拆开信，母亲已去世一年了！

生命是母亲给我的。我之能长大成人，是母亲的血汗灌养的。我之能成为一个不十分坏的人，是母亲感化的。我的性格，习惯，是母亲传给的。她一世未曾享过一天福，临死还吃的是粗粮。唉！还说什么呢？心痛！心痛！

儿女

朱自清

我现在已是五个儿女的父亲了。想起圣陶喜欢用的“蜗牛背了壳”的比喻，便觉得不自在。新近一位亲戚嘲笑我说，“要剥层皮呢！”更有些悚然了。十年前刚结婚的时候，在胡适之先生的《藏晖室札记》里，见过一条，说世界上有许多伟大的人物是不结婚的；文中并引培根的话，“有妻子者，其命定矣。”当时确吃了一惊，仿佛梦醒一般；但是家里已是不由分说给娶了媳妇，又有甚么可说？现在是一个媳妇，跟着来了五个孩子；两个肩头上，加上这么重一副担子，真不知怎样走才好。“命定”是不用说了；从孩子们那一面说，他们该怎样长大，也正是可以忧虑的事。我是个彻头彻尾自私的人，做丈夫已是勉强，做父亲更是不成。自然，“子孙崇拜”，“儿童本位”的哲理或伦理，我也有些知道；既做着父亲，闭了眼抹杀孩子们的权利，知道是不行的。可惜这只是理论，实际上我是仍旧按照古老的传统，在野蛮地对付着，和普通的父亲一样。近来差不多是中年的人了，才渐渐觉得自己的残酷；想着孩子们受过的体罚和叱责，始终不能辩解——像抚摩着旧创痕那样，我的心酸溜溜的。有一回，读了有岛武郎《与幼小者》的译文，对了那种伟大的，沉挚的态度，我竟流下泪来了。去年父亲来信，问起阿九，那时阿九还在白马湖呢；信上说，“我没有耽误你，你也不要耽误他才好。”找为这句话哭了一场；我为什么不像父亲的仁慈？我不该忘记，父亲怎样待我们来着！人性许真是二元的，我是这样的矛盾；我的心像钟摆似的来去。

你读过鲁迅先生的《幸福的家庭》么？我的便是那一类的“幸福的家庭”！每天午饭和晚饭，就如两次潮水一般。先是孩子们你来他去地在厨房与饭间里查看，一面催我或妻发”开饭”的命令。急促繁碎的脚步，夹着笑和嚷，一阵阵袭来，直到命令发出为止。他们一递一个地跑着喊着，将命令传给厨房里佣人；便立刻抢着回来搬凳子。于是这个说，“我坐这儿！”那个说，“大哥不让我！”大哥却说，“小妹打我！”我给他们调解，说好话。但是他们有时候很固执，我有时候也不耐烦，这便用着叱责了；叱责还不行，不由自主地，我的沉重的手掌便到他们身上了。于是哭的哭，坐的坐，局面才算定了。接着可又你要大碗，他要小碗，你说红筷子好，他说黑筷子好；这个要干饭，那个要稀饭，要茶要汤，要鱼要肉，要豆腐，要萝卜；你说他菜多，他说你菜好。妻是照例安慰着他们、但这显然是太迂缓了。我是个暴躁的人。怎么等得及？不用说，用老法子将他们立刻征服了；虽然有哭的，不久也就抹着泪捧起碗了。吃完了，纷纷爬下凳子，桌上是饭粒呀，汤汁呀，骨头呀，渣滓呀，加上纵横的筷子，欹斜的匙子，就如一块花花绿绿的地图模型。吃饭而外，他们的大事便是游戏，游戏则，大的有大主意，小的有小主意，各自坚持不下，于是争执起来；或者大的欺负了小的，或者小的竟欺负了大的，被欺负的哭着嚷着，到我或妻的面前诉苦，我大抵仍旧要用老法子来判断的，但不理的时候也有。最为难的，是争夺玩具的时候：

这一个的与那一个的是同样的东西，却偏要那一个的；而那一个便偏不答应。在这种情形之下，不论如何，终于是非哭了不可的。这些事件自然不至于天天全有，但大致总有好些起。我若坐在家里看书或写什么东西，管保一点钟里要分几回心，或站起来一两次的。若是雨天或礼拜日，孩子们在家的多，那么，摊开书竟看不下一行，提起笔也写不出一个字的事，也有过的。我常和妻说，“我们家真是成日的千军万马呀！”有时是不但“成日”，连夜里也有兵马在进行着，在有吃乳或生病的孩子的时候！

我结婚那一年，才十九岁。二十一岁，有了阿九；二十三岁，又有了阿菜。那时我正像一匹野马，那能容忍这些累赘的鞍鞯，辔头，和缰绳？摆脱也知是不行的，但不自觉地时时在摆脱着。现在回想起来，那些日子，真苦了这两个孩子；真是难以宽宥的种种暴行呢！阿九才两岁半的样子，我们住在杭州的学校里。不知怎地，这孩子特别爱哭，又特别怕生人。一不见了母亲，或来了客，就哇哇地哭起来了。学校里住着许多人，我不能让他扰着他们，而客人也总是常有的；我懊恼极了，有一回，特地骗出了妻，关了门，将他按在地下打了一顿。这件事，妻到现在说起来，还觉得有些不忍；她说我的手太辣了，到底还是两岁半的孩子！

我近年常想着那时的光景，也觉黯然。阿菜在台州，那是更小了；才过了周岁，还不大会走路。也是为了缠着母亲的缘故吧，我将她紧紧地按在墙角里，直哭喊了三四分钟；因此生了好几天病。妻说，那时真寒心呢！但我的苦痛也是真的。我曾给圣陶写信，说孩子们的磨折，实在无法奈何；有时竟觉着还是自杀的好。这虽是气愤的活，但这样的心情，确也有过的。后来孩子是多起来了，磨折也磨折得久了，少年的锋棱渐渐地钝起来了；加以增长的年岁增长了理性的裁制力，我能够忍耐了——觉得从前真是一个“不成材的父亲”，如我给另一个朋友信里所说。但我的孩子们在幼小时，确比别人的特别不安静，我至今还觉如此。我想这大约还是由于我们抚育不得法；从前只一味地责备孩子，让他们代我们负起责任，却未免是可耻的残酷了！

正面意义的“幸福”；其实也未尝没有。正如谁所说，小的总是可爱，孩子们的小模样，小心眼儿，确有些教人舍不得的。阿毛现在五个月了，你用手指去拨弄她的下巴，或向她做趣脸，她便会张开没牙的嘴格格地笑，笑得像一朵正开的花。她不愿在屋里待着；待久了，便大声儿嚷。妻常说，“姑娘又要出去溜达了。”她说她像鸟儿般，每天总得到外面溜一些时候。闰儿上个月刚过了三岁，笨得很，话还没有学好呢。他只能说三四个字的短语或句子，文法错误，发音模糊，又得费气力说出；我们老是要笑他的。他说“好”字，总变成“小”字；问他“好不好？”他便说“小”，或“不小”。我们常常逗着他说这个字玩儿；他似乎有些觉得，近来偶然也能说出正确的“好”字了——特别在我们故意说成“小”字的时候。他有一只搪瓷碗，是一毛来钱买的；买来时，老妈子教给他，“这是一毛钱。”他便记住“一毛”两个字，管那只碗叫“一毛”，有时竟省称为“毛”。这在新来的老妈子，是必需翻译了才懂的。他不好意思，或见着生客时，便咧着嘴痴笑；我们常用了土话，叫他做“呆瓜”。他是个小胖子，短短的腿，走起路来，蹒跚可笑；若快走或跑，便更“好看”了。他有时学我，将两手叠在背后，一摇一摆的；那是他自己和我们都要乐的。他的大姊便是阿菜，已是七岁多了，在小学校里念着书。在饭桌上，一定得啰啰唆唆地报告些同学或他们父母的事情；气喘喘他说着，不管你爱听不爱听。说完了总问我：“爸爸认识么？”“爸爸知道么？”妻常禁止她吃饭时说话，所以她总是问我。她的问题真多：看电影便问电影里的是不是人？是不是真人？怎么不说话？看照相也是一样。不知谁告诉她，兵是要打人的。她回来便问，兵是人么？为什么打人？近来大约听了先生的话，回来又问张作霖的兵是帮谁的？蒋介石的兵是不是帮我们的？诸如此类的问题，每天短不了，常常闹得我不知怎样答才行。她和闰儿在一处玩儿，一大一小，不很合式，老是吵着哭着。但合式的时候也有，譬如这个往床底下躲，那个便钻进去追着；这个钻出来，那个也跟着——从这个床到那个床，只听见笑着，嚷着，喘着，真如妻所说，像小狗似的。现在在京的，便只有这三个孩子；阿九和转儿是去年北来时，让母亲暂时带回扬州去了。

阿九是喜欢书的孩子。他爱看《水浒》《西游记》《三侠五义》《小朋友》等；没有事便捧着书坐着或躺着看。只不欢喜《红搂梦》。说是没有味儿。是的，《红楼梦》的味儿，一个十岁的孩子，哪里能领略呢？去年我们事实上只能带两个孩子来；因为他大些，而转儿是一直跟着祖母的，便在上海将他俩丢下。我清清楚楚记得那分别的一个早上。我领着阿九从二洋泾桥的旅馆出来，送他到母亲和转儿住着的亲戚家去。妻嘱咐说，“买点吃的给他们吧。”我们走过四马路，到一家茶食铺里。阿九说要熏鱼，我给买了；又买了饼干，是给转儿的。便乘电车到海宁路。下车时，看着他的害怕与累赘，很觉恻然，到亲戚家，因为就要回旅馆收拾上船，只说了一两句话便出来：转儿望望我，没说什么，阿九是和祖母说什么去了。我回头看了他们一眼，硬着头皮走了。后来妻告诉我，阿九背地里向她说，“我知道爸爸欢喜小妹，不带我上北京去。”其实这是冤枉的。他又曾和我们说，“暑假时一定来接我啊！”我们当时答应着；但现在已是第二个暑假了，他们还在迢迢的扬州待着。他们是恨着我们呢？还是惦着我们呢？妻是一年来老放不下这两个，常常独自暗中流泪；但我有什么法子呢！想到“只为家贫成聚散”一句无名的诗，不禁有些凄然。转儿与我较生疏些。但去年离开白马湖时，她也曾用了生硬的扬州话（那时她还没有到过扬州呢），和那特别尖的小嗓子向着我：“我要到北京去。”她晓得什么北京，只跟着大孩子们说罢了；但当时听着，现在想着的我，却真是抱歉呢。这兄妹俩离开我，原是常事，离开母亲，虽也有过一回，这回可是太长了；小小的心儿，知道是怎样忍耐那寂寞来着！

我的朋友大概都是爱孩子的。少谷有一回写信责备我，说儿女的吵闹，也是很有趣的，何至可厌到如我所说；他说他真不解。子恺为他家华瞻写的文章，真是“蔼然仁者之言”。圣陶也常常为孩子操心：小学毕业了，到什么中学好呢？——这样的话，他和我说过两三回了。我对他们只有惭愧！可是近来我也渐渐觉着自己的责任。我想，第一该将孩子们团聚起来，其次便该给他们些力量。我亲眼见过一个爱儿女的人，因为不曾好好地教育他们，便将他们荒废了。他并不是溺爱，只是没有耐心去料理他们，他们便不能成材了。我想我若照现在这样下去，孩子们也便危险了。我得计划着，让他们渐渐知道怎样去做人才行。但是要不要他们像我自己呢？这一层，我在白马湖教初中学生时，也曾从师生的立场上问过丏尊，他毫不踌躇他说，“自然啰。”近来与平伯谈起教子，他却答得妙，“总不希望比自己坏啰。”是的，只要不“比自己坏”就行，“像”不“像”倒是不在乎的。职业，人生观等，还是由他们自己去定的好；自己顶可贵，只要指导，帮助他们去发展自己，便是极贤明的办法。

予同说，“我们得让子女在大学毕了业，才算尽了责任。”SK说，“不然，要看我们的经济，他们的材质与志愿，若是中学毕了业，不能或不愿升学，便去做别的事，譬如做工人吧，那也并非不行的。”自然，人的好坏与成败，也不尽靠学校教育；说是非大学毕业不可，也许只是我们的偏见。在这件事上，我现在毫不能有一定的主意；特别是这个变动不居的时代，知道将来怎样？

好在孩子们还小，将来的事且等将来吧。目前所能做的，只是培养他们基本的力量——胸襟与眼光；孩子们还是孩子们，自然说不上高的远的，慢慢从近处小处下手便了。这自然也只能先按照我自己的样子："神而明之，存乎其人，"光辉也罢，倒楣也罢，平凡也罢，让他们各尽各的力去。我只希望如我所想的，从此好好地做一回父亲，便自称心满意。——想到那"狂人""救了孩子"的呼声，我怎敢不悚然自勉呢？

（原载 1928 年 10 月 10 日《小说月报》第 19 卷第 10 号）

看花

——朱自清

生长在大江北岸一个城市里，那儿的园林本是著名的，但近来却很少；似乎自幼就不曾听见过“我们今天看花去”一类话，可见花事是不盛的。有些爱花的人，大都只是将花栽在盆里，一盆盆搁在架上；架子横放在院子里。院子照例是小小的，只够放下一个架子；架上至多搁二十多盆花罢了。有时院子里依墙筑起一座“花台”，台上种一株开花的树；也有在院子里地上种的。

但这只是普通的点缀，不算是爱花。

家里人似乎都不甚爱花；父亲只在领我们上街时，偶然和我们到“花房”里去过一两回。但我们住过一所房子，有一座小花园，是房东家的。那里有树，有花架（大约是紫藤花架之类），但我当时还小，不知道那些花木的名字；只记得爬在墙上的是蔷薇而已。园中还有一座太湖石堆成的洞门；现在想来，似乎也还好的。在那时由一个顽皮的少年仆人领了我去，却只知道跑来跑去捉蝴蝶；有时掐下几朵花，也只是随意挼弄着，随意丢弃了。至于领略花的趣味，那是以后的事：夏天的早晨，我们那地方有乡下的姑娘在各处街巷，沿门叫着，“卖栀子花来。”栀子花不是什么高品，但我喜欢那白而晕黄的颜色和那肥肥的个儿，正和那些卖花的姑娘有着相似的韵味。栀子花的香，浓而不烈，清而不淡，也是我乐意的。我这样便爱起花来了。也许有人会问，“你爱的不是花吧？”这个我自己其实也已不大弄得清楚，只好存而不论了。

在高小的一个春天，有人提议到城外F寺里吃桃子去，而且预备白吃；不让吃就闹一场，甚至打一架也不在乎。那时虽远在五四运动以前，但我们那里的中学生却常有打进戏园看白戏的事。

中学生能白看戏，小学生为什么不能白吃桃子呢？我们都这样想，便由那提议人纠合了十几个同学，浩浩荡荡地向城外而去。到了F寺，气势不凡地呵叱着道人们（我们称寺里的工人为道人），立刻领我们向桃园里去。道人们踌躇着说："现在桃树刚才开花呢。"但是谁信道人们的话？我们终于到了桃园里。大家都丧了气，原来花是真开着呢！这时提议人P君便去折花。道人们是一直步步跟着的，立刻上前劝阻，而且用起手来。但P君是我们中最不好惹的；"说时迟，那时快"，一眨眼，花在他的手里，道人已踉跄在一旁了。那一园子的桃花，想来总该有些可看；我们却谁也没有想着去看。只嚷着，"没有桃子，得沏茶喝！"道人们满肚子委屈地引我们到"方丈"里，大家各喝一大杯茶。这才平了气，谈谈笑笑地进城去。大概我那时还只懂得爱一朵朵的栀子花，对于开在树上的桃花，是并不了然的；所以眼前的机会，便从眼前错过了。

以后渐渐念了些看花的诗，觉得看花颇有些意思。但到北平读了几年书，却只到过崇效寺一次；而去得又嫌早些，那有名的一株绿牡丹还未开呢。北平看花的事很盛，看花的地方也很多；但那时热闹的似乎也只有一班诗人名士，其余还是不相干的。那正是新文学运动的起头，我们这些少年，对于旧诗和那一班诗人名士，实在有些不敬；而看花的地方又都远不可言，我是一个懒人，便干脆地断了那条心了。后来到杭州做事，遇见了Y君，他是新诗人兼旧诗人，看花的兴致很好。我和他常到孤山去看梅花。孤山的梅花是古今有名的，但太少；又没有临水的，人也太多。有一回坐在放鹤亭上喝茶，来了一个方面有须，穿着花缎马褂的人，用湖南口音和人打招呼道，“梅花盛开嗒！”盛字说得特别重，使我吃了一惊；但我吃惊的也只是说在他嘴里“盛”这个声音罢了，花的盛不盛，在我倒并没有什么的。

有一回，Y来说，灵峰寺有三百株梅花；寺在山里，去的人也少。我和Y，还有N君，从西湖边雇船到岳坟，从岳坟入山。曲曲折折走了好一会，又上了许多石级，才到山上寺里。寺甚小，梅花便在大殿西边园中。园也不大，东墙下有三间净室，最宜喝茶看花；北边有座小山，山上有亭，大约叫“望海亭”吧，望海是未必，但钱塘江与西湖是看得见的。梅树确是不少，密密地低低地整列着。那时已是黄昏，寺里只我们三个游人；梅花并没有开，但那珍珠似的繁星似的骨都儿，已经够可爱了；我们都觉得比孤山上盛开时有味。大殿上正做晚课，送来梵呗的声音，和着梅林中的暗香，真叫我们舍不得回去。在园里徘徊了一会，又在屋里坐了一会，天是黑定了，又没有月色，我们向庙里要了一个旧灯笼，照着下山。路上几乎迷了道，又两次三番地狗咬；我们的Y诗人确有些窘了，但终于到了岳坟。船夫远远迎上来道："你们来了，我想你们不会冤我呢！"在船上，我们还不离口地说着灵峰的梅花，直到湖边电灯光照到我们的眼。

Y回北平去了，我也到了白马湖。那边是乡下，只有沿湖与杨柳相间着种了一行小桃树，春天花发时，在风里娇媚地笑着。还有山里的杜鹃花也不少。这些日日在我们眼前，从没有人像煞有介事地提议，"我们看花去。"但有一位S君，却特别爱养花；他家里几乎是终年不离花的。我们上他家去，总看他在那里不是拿着剪刀修理枝叶，便是提着壶浇水。我们常乐意看着。他院子里一株紫薇花很好，我们在花旁喝酒，不知多少次。白马湖住了不过一年，我却传染了他那爱花的嗜好。但重到北平时，住在花事很盛的清华园里，接连过了三个春，却从未想到去看一回。只在第二年秋天，曾经和孙三先生在园里看过几次菊花。"清华园之菊"是著名的，孙三先生还特地写了一篇文，画了好些画。但那种一盆一干一花的养法，花是好了，总觉没有天然的风趣。直到去年春天，有了些余闲，在花开前，先向人问了些花的名字。一个好朋友是从知道姓名起的，我想看花也正是如此。恰好Y君也常来园中，我们一天三四趟地到那些花下去徘徊。今年Y君忙些，我便一个人去。我爱繁花老干的杏，临风婀娜的小红桃，贴梗累累如珠的紫荆；但最恋恋的是西府海棠。海棠的花繁得好，也淡得好；艳极了，却没有一丝荡意。疏疏的高干子，英气隐隐逼人。可惜没有趁着月色看过；王鹏运有两句词道："只愁淡月朦胧影，难验微波上下潮。"我想月下的海棠花，大约便是这种光景吧。为了海棠，前两天在城里特地冒了大风到中山公园去，看花的人倒也不少；但不知怎的，却忘了畿辅先哲祠。Y告我那里的一株，遮住了大半个院子；别处的都向上长，这一株却是横里伸张的。花的繁没有法说，海棠本无香，昔人常以为恨，这里花太繁了，却酝酿出一种淡淡的香气，使人久闻不倦。Y告我，正是刮了一日还不息的狂风的晚上；他是前一天去的。他说他去时地上已有落花了，这一日一夜的风，准完了。他说北平看花，是要赶着看的：春光太短了，又晴的日子多；今年算是有阴的日子了，但狂风还是逃不了的。我说北平看花，比别处有意思，也正在此。这时候，我似乎不甚菲薄那一班诗人名士了。

（写于 1930 年 4 月）

初恋

周作人

那时我十四岁，她大约是十三岁罢。我跟着祖父的妾宋姨太太寄寓在杭州的花牌楼，间壁住着一家姚姓，她便是那家的女儿。她本姓杨，住在清波门头，大约因为行三，人家都称她作三姑娘。姚家老夫妇没有子女，便认她做干女儿，一个月里有二十多天住在他们家里，宋姨太太和远邻的羊肉店石家的媳妇虽然很说得来，与姚宅的老妇却感情很坏，彼此都不交口，但是三姑娘并不管这些事，仍旧推进门来游嬉。她大抵先到楼上去，同宋姨太太搭赸一回，随后走下楼来，站在我同仆人阮升公用的一张板棹旁边，抱着名叫“三花”的一只大猫，看我映写陆润庠的木刻的字帖。

我不曾和她谈过一句话，也不曾仔细的看过她的面貌与姿态，大约我在那时已经很是近视，但是还有一层缘故，虽然非意识的对于她很是感到亲近，一面却似乎为她的光辉所掩，开不起眼来去端详她了。在此刻回想起来，仿佛是一个尖面庞，乌眼睛，瘦小身材，而且有尖小的脚的少女，并没有什么殊胜的地方，但在我的性的生活里总是第一个人，使我于自己以外感到对于别人的爱着，引起我没有明了的性的概念的，对于异性的恋慕的第一个人了。

我在那时候当然是“丑小鸭”，自己也是知道的，但是终不以此而减灭我的热情。每逢她抱着猫来看我写字，我便不自觉的振作起来，用了平常所无的努力去映写，感着一种无所希求的迷矇的喜乐。并不问她是否爱我，或者也还不知道自己是爱着她，总之对于她的存在感到亲近喜悦，并且愿为她有所尽力，这是当时实在的心情，也是她所给我的赐物了。在她是怎样不能知道，自己的情绪大约只是淡淡的一种恋慕，始终没有想到男女关系的问题。有一天晚上，宋姨太太忽然又发表对于姚姓的憎恨，末了说道：

“阿三那小东西，也不是好货，将来总要流落到拱辰桥去做婊子的。”

我不很明白做婊子这些是什么事情，但当时听了心里想道：

“她如果真是流落做了婊子，我必定去救她出来。”

大半年的光阴这样的消费过了。到了七八月里因为母亲生病，我便离开杭州回家去了。一个月以后，阮升告假回去，顺便到我家里，说起花牌楼的事情，说道：

“杨家的三姑娘患霍乱死了。”

我那时也很觉得不快，想像她的悲惨的死相，但同时却又似乎很是安静，仿佛心里有一块大石头已经放下了。

南北的点心

——周作人

中国地大物博，风俗与土产随地各有不同，因为一直缺少人纪录，有许多值得也是应该知道的事物，我们至今不能知道清楚，特别是关于衣食住的事项。我这里只就点心这个题目，依据浅陋所知，来说几句话，希望抛砖引玉，有旅行既广，游历又多的同志们，从各方面来报道出来，对于爱乡爱国的教育，或者也不无小补吧。

我是浙江东部人，可是在北京住了将近四十年，因此南腔北调，对于南北情形都知道一点，却没有深厚的了解。据我的观察来说，中国南北两路的点心，根本性质上有一个很大的区别。简单地下一句断语，北方的点心是常食的性质，南方的则是闲食。我们只看北京人家做饺子、馄饨、面总是十分茁实，馅绝不考究；面用芝麻酱拌，最好也只是炸酱；馒头全是实心。本来是代饭用的，只要吃饱就好，所以并不求精。若是回过来走到东安市场，往五芳斋去叫了来吃，尽管是同样名称，做法便大不一样，别说蟹黄包干，鸡肉馄饨，就是一碗三鲜汤面，也是精细鲜美的。可是有一层，这决不可能吃饱当饭，一则因为价钱比较贵，二则昔时无此习惯。抗战以后，上海也有阳春面，可以当饭了，但那是新时代的产物，在老辈看来，是不大可以为训的。我母亲如果在世，已有一百岁了，她生前便是绝对不承认点心可以当饭的，有时生点小毛病，不喜吃大米饭，随叫家里做点馄饨或面来充饥，即使一天里仍然吃过三回，她却总说今天胃口不开，因为吃不下饭去，因此可以证明那馄饨和面都不能算是饭。这种论断，虽然有点儿近于武断，但也可以说是有客观的佐证，因为南方的点心是闲食，做法也是趋于精细鲜美，不取茁实一路的。上文五芳斋固然是很好的例子，我还可以再举出南方做烙饼的方法来，更为具体，也有意思。我们故乡是在钱塘江的东岸，那里不常吃面食，可是有烙饼这物事。这里要注意的是，烙不读作“老”字音，乃是“洛”字入声，又名为山东饼，这证明原来是模仿大饼而作的，但是烙法却大不相同了。乡间卖馄饨、面和馒头都分别有专门的店铺，唯独这烙饼只有摊，而且也不是每天都有，这要等待哪里有社戏，才有几个摆在戏台附近，供看戏的人买吃，价格是每个制钱三文，计油条价二文，葱酱和饼只要一文罢了。做法是先将原本两折的油条扯开，改作三折，在熬盘上烤焦，同时在预先做好的直径约二寸，厚约一分的圆饼上，满搽红酱和辣酱，撒上葱花，卷在油条外面，再烤一下，就做成了。它的特色是油条加葱酱烤过，香辣好吃，那所谓饼只是包裹油条的东西，乃是客而非主，拿来与北方原来的大饼相比，厚大如茶盘，卷上黄酱与大葱，大嚼一张，可供一饱，这里便显出很大的不同来了。

上边所说的点心偏于面食一方面，这在北方本来不算是闲食吧。此外，还有一类干点心，北京称为饽饽，这才当作闲食，大概与南方并无什么差别。但是这里也有一点不同，据我的考察，北方的点心历史古，南方的历史新，古者可能还有唐宋遗制，新的只是明朝中叶吧。点心铺招牌上有常用的两句话，我想借来用在这里，似乎也还适当，北方可以称为“官礼茶食”，南方则是“嘉湖细点”。

我们这里且来作一点烦琐的考证，可以多少明白这时代的先后。

查清顾张思的《土风录》卷六，“点心”条下云：

小食曰点心，见吴曾《漫录》。唐郑傪为江淮留后，家人备夫人晨馔，夫人谓其弟曰：“治妆未毕，我未及餐，尔且可点心。”俄而女仆请备夫人点心，傪诟曰：“适已点心，今何得又请！”

由此可知，点心古时即是晨馔。同书又引周辉《北辕录》云：

洗漱冠栉毕，点心已至。

后文说明点心中馒头、馄饨、包子等，可知说的是水点心，在唐朝已有此名了。

茶食一名，据《土风录》云：

干点心曰茶食，见宇文懋《昭金志》：“婿先期拜门，以酒撰往，酒三行，进大软脂小软脂，如中国寒具，又进蜜糕，人各一盘，曰茶食。”《北辕录》云：“金国宴南使，未行酒，先设茶筵，进茶一盏，谓之茶食。”

茶食是喝茶时所吃的，与小食不同，大软脂，大抵有如蜜麻花，蜜糕则明系蜜饯之类了。从文献上看来，点心与茶食两者原有区别，性质也就不同，但是后来早已混同了。本文中也就混用，那招牌上的话也只是利用现代文句，茶食与细点作同意语看，用不着再分析了。

我初到北京来的时候，随便在饽饽铺买点东西吃，觉得不大满意，曾经埋怨过这个古都市，积聚了千年以上的文化历史，怎么没有做出些好吃的点心来。老实说，北京的大八件、小八件，尽管名称不同，吃起来不免单调，正和五芳斋的前例一样，东安市场内的稻香村所做的南式茶食，并不齐备，但比起来也显得花样要多些了。过去时代，皇帝向在京里，他的享受当然是很豪华的，却也并不曾创造出什么来，北海公园内旧有“仿膳”，是前清御膳房的做法，所做小点心，看来也是平常，只是做得小巧一点而已。南方茶食中有些东西，是小时候熟悉的，在北京都没有，也就感觉不满足，例如糖类的酥糖、麻片糖、寸金糖，片类的云片糕、椒桃片、松仁片，软糕类的松子糕、枣子糕、蜜仁糕、桔红糕等。此外有缠类，如松仁缠、核桃缠，乃是在干果上包糖，算是上品茶食，其实倒并不怎么好吃。

南北点心粗细不同，我早已注意到了，但这是怎么一个系统，为什么有这差异？那我也没有法子去查考，因为孤陋寡闻，而且关于点心的文献，实在也不知道有什么书籍。但是事有凑巧，不记得是哪一年，或者什么原因了，总之见到几件北京的旧式点心，平常不大碰见，样式有点别致的，这使我忽然大悟，心想这岂不是在故乡见惯的“官礼茶食”么？故乡旧式结婚后，照例要给亲戚本家分“喜果”，一种是干果，即核桃、枣子、松子、榛子，讲究的加荔枝、桂圆。又一种是干点心，记不清它的名字。查范寅《越谚·饮食门》下，记有金枣和珑缠豆两种，此外我还记得有佛手酥、菊花酥和蛋黄酥等三种。这种东西，平时不易销，店铺里也不常备，要结婚人家订购才有，样子虽然不差，但材料不大考究，即使是可以吃得的佛手酥，也总不及红绫饼或梁湖月饼，所以喜果送来，只供小孩们胡乱吃一阵，大人是不去染指的。可是这类喜果却大抵与北京的一样，而且结婚时节非得使用不可。云片糕等虽是比较要好，却是绝不使用的。这是什么理由？这一类点心是中国旧有的，历代相承，使用于结婚仪式。一方面时势转变，点心上发生了新品种，然而一切仪式都是守旧的，不轻易容许改变，因此即使是送人的喜果，也有一定的规矩，要定做现今市上不通行了的物品来使用。同是一类茶食，在甲地尚在通行，在乙地已出了新的品种，只留着用于“官礼”，这便是南北点心情形不同的原因了。

上文只说得“官礼茶食”，是旧式的点心，至今流传于北方。至于南方点心的来源，那还得另行说明。“嘉湖细点”这四个字，本是招牌和仿单上的口头禅，现在正好借用过来，说明细点的来源。因为据我的了解，那时期当为前明中叶，而地点则是东吴西浙，嘉兴、湖州正是代表地方。我没有文书上的资料，来证明那时吴中饮食丰盛奢华的情形，但以近代苏州饮食风靡南方的事情来作比，这里有点类似。明朝自永乐以来，政府虽是设在北京，但文化中心一直还是在江南一带。那里官绅富豪生活奢侈，茶食一类也就发达起来。就是水点心，在北方作为常食的，也改做得特别精美，成为以赏味为目的的闲食了。这南北两样的区别，在点心上存在得很久，这里固然有风俗习惯的关系，一时不易改变，但在“百花齐放”的今日，这至少该得有一种进展了吧。其实这区别不在于质而只是量的问题，换一句话即是做法的一点不同而已，我们前面说过，家庭的鸡蛋炸酱面与五芳斋的三鲜汤面，固然是一例。此外则有大块粗制的窝窝头，与“仿膳”的一碟十个的小窝窝头，也正是一样的变化。北京市上有一种爱窝窝，以江米煮饭捣烂（即是糍粑）为皮，中裹糖馅，如元宵大小。李光庭在《乡言解颐》中说明它的起源云：“相传明世中宫有嗜之者，因名曰御爱窝窝，今但曰爱而已。”这里便是一个例证，在明、清两朝里，窝窝头一件食品，便发生了两个变化了。本来常食闲食，都有一定习惯，不易轻轻更变，在各处都一样是闲食的干点心则无妨改良一点做法，做得比较精美，在人民生活水平日益提高的现在，这也未始不是切合实际的事情吧。国内各地方，都富有不少有特色的点心，就只因为地域所限，外边人不能知道，我希望将来不但有人多多报道，而且还同土产果品一样，陆续输到外边来，增加人民的口福。

乌篷船

——周作人

子荣君：

接到手书，知道你要到我的故乡去，叫我给你一点什么指导。老实说，我的故乡，真正觉得可怀恋的地方，并不是那里；但是因为在那里生长，住过十多年，究竟知道一点情形，所以写这一封信告诉你。

我所要告诉你的，并不是那里的风土人情，那是写不尽的，但是你到那里一看也就会明白的，不必啰唆地多讲。我要说的是一种很有趣的东西，这便是船。你在家乡平常总坐人力车，电车，或是汽车，但在我的故乡那里这些都没有，除了在城内或山上是用轿子以外，普通代步都是用船。船有两种，普通坐的都是“乌篷船”，白篷的大抵作航船用，坐夜航船到西陵去也有特别的风趣，但是你总不便坐，所以我也就可以不说了。乌篷船大的为“四明瓦”（Sy-menngoa），小的为脚划船（划读如uoa）亦称小船。但是最适用的还是在这中间的“三道”，亦即三明瓦。篷是半圆形的，用竹片编成，中夹竹箬，上涂黑油；在两扇“定篷”之间放着一扇遮阳，也是半圆的，木作格子，嵌着一片片的小鱼鳞，径约一寸，颇有点透明，略似玻璃而坚韧耐用，这就称为明瓦。三明瓦者，谓其中舱有两道，后舱有一道明瓦也。船尾用橹，大抵两支，船首有竹篙，用以定船。船头着眉目，状如老虎，但似在微笑，颇滑稽而不可怕，唯白篷船则无之。三道船篷之高大约可以使你直立，舱宽可以放下一顶方桌，四个人坐着打马将，——这个恐怕你也已学会了罢？小船则真是一叶扁舟，你坐在船底席上，篷顶离你的头有两三寸，你的两手可以搁在左右的舷上，还把手都露出在外边。在这种船里仿佛是在水面上坐，靠近田岸去时泥土便和你的眼鼻接近，而且遇着风浪，或是坐得少不小心，就会船底朝天，发生危险，但是也颇有趣味，是水乡的一种特色。不过你总可以不必去坐，最好还是坐那三道船罢。

你如坐船出去，可是不能像坐电车的那样性急，立刻盼望走到。倘若出城，走三四十里路（我们那里的里程是很短，一里才及英哩三分之一），来回总要预备一天。你坐在船上，应该是游山的态度，看看四周物色，随处可见的山，岸旁的乌柏，河边的红蓼和白苹，渔舍，各式各样的桥，困倦的时候睡在舱中拿出随笔来看，或者冲一碗清茶喝喝。偏门外的鉴湖一带，贺家池，壶觞左近，我都是喜欢的，或者往娄公埠骑驴去游兰亭，（但我劝你还是步行，骑驴或者于你不很相宜，）到得暮色苍然的时候进城上都挂着薜荔的东门来，倒是颇有趣味的事。倘若路上不平静，你往杭州去时可于下午开船，黄昏时候的景色正最好看，只可惜这一带地方的名字我都忘记了。夜间睡在舱中，听水声橹声，来往船只的招呼声，以及乡间的犬吠鸡鸣，也都很有意思。雇一只船到乡下去看庙戏，可以了解中国旧戏的真趣味，而且在船上行动自如，要看就看，要睡就睡，要喝酒就喝酒，我觉得也可以算是理想的行乐法。只可惜讲维新以来这些演剧与迎会都已禁止，中产阶级的低能人别在“布业会馆”等处建起“海式”的戏场来，请大家买票看上海的猫儿戏。这些地方你千万不要去。——你到我那故乡，恐怕没有一个人认得，我又因为在教书不能陪你去玩，坐夜船，谈闲天，实在抱歉而且惆怅。川岛君夫妇现在偁山下，本来可以给你绍介，但是你到那里的时候他们恐怕已经离开故乡了。初寒，善自珍重，不尽。十五年十一月十八日夜，于北京。

图书在版编目（C I P）数据

一生所求，不过爱与自由 / 老舍等著 . -- 北京：台海出版社，2023.9

ISBN 978-7-5168-3619-4

Ⅰ . ①一… Ⅱ . ①老… Ⅲ . ①散文集 – 中国 – 现代 Ⅳ . ① I266

中国国家版本馆 CIP 数据核字（2023）第 148926 号

一生所求，不过爱与自由

著者：老舍 等

出 版 人：蔡　旭　装帧设计：拾野文化
责任编辑：戴　晨　策划编辑：苗　苗

出版发行：台海出版社
地　　址：北京市东城区景山东街 20 号　　邮政编码：100009
电　　话：010 – 64041652（发行，邮购）
传　　真：010 – 84045799（总编室）
网　　址：www.taimeng.org.cn/thcbs/default.htm
E-mail：thcbs@126.com

经　　销：全国各地新华书店
印　　刷：北京旺都印务有限公司
本书如有破损、缺页、装订错误，请与本社联系调换

开　　本：787 毫米 x1092 毫米　1/32
字　　数：160 千字　　印　　张：7.75
版　　次：2023 年 9 月第 1 版　　印　　次：2023 年 10 月第 1 次印刷
书　　号：ISBN 978 – 7 – 5168 – 3619 – 4

定　　价：48.00 元